U0019958

九歌一一二年 童話選

創想幸福 心樂園

張桂娥 主編

九歌童話選

112

年度童話獎

吳佳穎

煉金師與白狗

九歌112年
年度童話獎 得獎感言

吳佳穎

這篇關於煉金師的童話，靈感來自《牧羊少年奇幻之旅》，我想在睿智的全知者背後，必定也有著懵懂的少年時期，而那啟迪他的，亦必定是生活中閃現的小角色、瞬息的小時光，這篇故事於焉開展。

煉金師與白狗，都是茫茫人海中，平凡得無以復加的存在，但因為一次短暫、簡單的交會與陪伴，竟綻放出動人的光彩，進而影響了更多人。煉金師從沒想過要改變村莊的樣貌，也不帶任何批評或偏見，只是作了自己認為正確的決定，而那一刻善良的抉擇，成就了故事的轉捩點。煉金師點石可以成金，但他點出最貴重的，其實是人性的溫暖與希望。

「善意的循環」已是老調重彈，但唯有真理才能代代相傳，因此，希望我們能一起細細品味日常，睜開善意的眼睛、伸出善良的雙手，也許關鍵的齒輪，正會因此緩緩轉動。

很榮幸能獲此殊榮，也謝謝讀著這個故事的各位！

112年童話選

目錄

卷一
創意魔法現奇蹟

煉金師與白狗

吳佳穎

插畫／蘇力卡

作者簡介 ……………………………………………………

一九九七年生，現職國小教師。海線的鄉音與東北季風，漸漸奪去我原生的文字美學，然而新的一種正在產生。

童 話 觀 ……………………………………………………

如果可以的話，在童話裡慢一點長大；如果不行的話，藉著童話無痛的長大。

煉金師在漫無邊際的沙漠上走著。

這是煉金師踏上旅程的第五十天，豔陽蒸散了僅剩的水分，斗大的汗珠從他曬得黑黝的額前滑落，眼前的風景似乎模糊晃動了起來。

終於，遠遠的，一座村落的輪廓在黃沙之中浮現。

然而，愈走愈近，煉金師就覺得愈奇怪：那個村落散發著金黃的光芒，好像、好像、就好像……

「黃金！」煉金師大聲驚呼。

每一條道路、每一棟房子、每一棵樹、每一隻天空中的飛鳥、轉角遛達的小貓，所有的東西，甚至，所有的人！

「都是黃金做成的？」煉金師脫口而出，一旁走過的，發出金黃光澤的年輕人看了看煉金師，說，「當然，這裡可是煉金村。」

「煉金村？所以……」不等煉金師說完，年輕人就頭也不回的走了。

「你是哪裡來的？」稚嫩的聲音從背後傳來，煉金師轉頭一看，發現一群騎著腳踏車的小孩，仰著可愛的金黃色小臉。

「我，我從很遠的地方來，我是煉金師……」

「是喔。」孩子們踩著金黃的踏板，很快的從煉金師身邊騎了過去。

「您好，請問……」煉金師禮貌的想詢問迎面走來的行人，卻沒有人停下腳步。

奇怪了，煉金師想，為什麼大家都在趕時間，沒辦法多說幾句話呢？

花了一整個上午，煉金師終於發現，在煉金村裡，沒有一樣東西不是黃金打造的，就連一出生的嬰兒，也是金黃的皮膚、眼睛、頭髮，甚至連跳動的心臟，都是黃澄澄的金子。

「就是因為沒有血肉做成的心，大家才會沒什麼感情，對別人都不理不睬的啊。」煉金師心想。

走著走著，煉金師看見一隻小貓在車陣中穿梭，造成交通堵塞，刺耳的喇叭聲此起彼落；看見一個衣衫襤褸的街友在路邊流淚，粗糙的雙手無力的垂到地上；看見一位老婦人溼淋淋的站在街上，仰起頭對著樓上潑水的住戶大罵；還有臉色鐵青的國小老師、無精打采的小學生……

「真是一個不快樂的村落啊。」煉金師難過的想。

天色漸漸的暗了下來。

踏上旅行以來，煉金師所到之處，總會被人們歡天喜地的簇擁著：夾道的歡呼、崇敬的眼神，沒有一分鐘停歇；一到了傍晚，更會被熱情的村民邀約用餐、過夜。那些與陌生人共度的美好夜晚，總是充滿了人情味與溫暖。然而，夜色籠罩下的煉金村特別寂靜，家家戶戶老早就掩上了門，更不用說對煉金師提出邀請了。

「走開！」遠遠的，煉金師聽見毫不留情的叫罵聲，他快步的向聲音的方向跑去。

是一隻瘦弱的小狗。

小狗金黃色的毛皮有些黯淡，大大的眼裡更是盈滿哀愁的金黃眼淚。在入夜後變得十分寒冷的沙漠裡，小狗瘦小的身軀瑟瑟發抖，被人們趕來趕去，沒有人願意收留牠。

「讓牠進去吧，牠很冷……」煉金師和氣的懇求。

「不關我的事。」

「可是，牠自己在街上……」和白天一樣，煉金師還沒說完，所有的人就已經關上門。街道一瞬間又恢復了寂靜，就像什麼都沒有發生過一般；煉金師著急的轉過頭，發現小狗不知道什麼時候消失了。

一直以來，人們對於煉金師能夠運用煉金術，提煉出帶來幸福的黃金都十分敬佩。那些黃金雖然不多，卻有神奇的魔力，能讓生病的人恢復精神、讓衰老的人有了力氣、讓失戀的女孩露出久違的笑容、讓失去靈感的作家再次文思泉湧……那黃金的珍貴，不在於它可以變賣的價值，而在於蘊藏其中、對他人深深的關懷與用心。

看著冷清的街道，煉金師發現，雖然煉金村四處都是黃金，卻沒有任何魔法。

「咦？」煉金師豎起耳朵。

在不遠的街角，似乎傳來微弱的啜泣聲。

「有人嗎？」煉金師小心翼翼的走近，輕聲的問。

那隻無處可去的小狗，蜷縮在街角的陰影中，細細的啜泣著。

煉金師蹲了下來，看著黃金滾燙的從小狗的眼角滑落；他隨地坐在一旁，「要是這裡有小石子，我就能提煉帶來幸福的黃金，安慰你的難受；可惜，這裡只充滿了沒有魔力的金子。」煉金師心疼的聽著小狗的嗚咽聲，感到無能為力，只能一面輕輕拍著小狗顫抖的背，一面哼起家鄉的安眠曲。

寒冷的晚風不停襲來，煉金師緊緊倚著小狗，覺得這真是旅行以來，最難熬的夜晚了。但，睡意隨著小狗身上傳來的體溫湧來，一波波捲上煉金師的眼皮。

陽光照耀了沙漠的早晨，道路的嘈雜再次喧囂了起來。煉金師揉了揉雙眼，發現自己就這樣在街角睡著了，一旁，小狗早已不見蹤影。

「真不意外。」煉金師自言自語著。

他全身痠痛的站了起來，用力伸了個懶腰，「今天日落之前，離開這個令人傷感的村莊吧。」

但，當煉金師漫無目的地，在巷弄中思索煉金村的奇怪現象時，他不知道，那天早上，街頭出現了一條醒目的白色小狗，並對著一隻差點被車撞著的小貓狂吠。

經歷生死關頭的小貓倒吸了一口氣，身上的黃金慢慢融化，露出虎斑的毛皮。

虎斑貓溜回家裡，輕輕的摩過主人看報的腳，主人心頭一陣暖流，轉身拍了拍身旁孩子小小的肩膀。

正要去上學的孩子露出微笑，在上學途中，給了路旁枯瘦的街友幾個銅板。

街友顫抖的雙手忽然間有了力氣，他抬起頭，發現對面樓房上的盆栽搖搖欲墜，於是飛快的衝了出去，拉了底下的老婦人一把。

老婦人驚魂未定的看著滿地的盆栽碎片，感激的握住街友的手，並哼著歌，將散落的碎片打掃乾淨；一旁正煩惱著的清潔工發現了，嘴角不由自主的上揚，愉快的向路過的郵差先生說了聲早安；郵差先生快樂的踩著腳踏板，看見路過的小學老師掉了一本課本；拿回課本的老師感激的謝過郵差先生，上班

途中的步伐不禁輕快了起來，上課時，更在每個小朋友的聯絡簿上畫了燦爛的笑臉；小朋友們肩搭著肩，踩著輕快的步伐，各自回到家，給爸爸媽媽一個溫暖的擁抱。

獲得擁抱的爸爸媽媽驚喜而感動，他們金黃的眼睛、金黃的皮膚、金黃的頭髮，都慢慢的融化、融化、融化……露出深邃的黑色瞳孔、健康的粉色臉頰、咖啡牛奶般的褐色頭髮。

包括了村長與村長太太。

於是，那天傍晚，煉金村久違的村里廣播響遍了大街小巷，「親愛的煉金村民，昨天下午，一位旅者來到了我們的小鎮。」正疲憊而失望的向村口走去，準備離開煉金村的煉金師，疑惑的停下腳步，「在他拜訪我們的短短一天之中，我們村裡發生了極大的改變，」村長頓了頓，「這一位煉金師，是最偉大的煉金師。他在我們黃金打造的心中，提煉出更珍貴的快樂、感動，以及感謝。」

煉金師驚訝的睜大眼睛，看著村民們陸陸續續的從家門中走了出來，每個都是有血有肉的溫暖軀體，臉上綻放著美麗的笑容。

「你們……？」

「就算只是小小的關心，都能讓家人了解我們的愛，」神情爽朗的男人走向前，一手輕拍孩子的頭，一手抱著發出快樂呼嚕聲的虎斑貓，「我們是一個大家庭。」

「助人的快樂，讓我重新肯定了自己。」街友換上乾淨的衣褲，眼睛閃閃發光。

「一絲絲的善意，可以讓他人擁有好心情。」小學老師溫柔的說。

「隨時保持友善，能使他人露出笑容。」清潔工滿頭大汗，卻精神奕奕。

村民們美麗的眼睛閃耀晶瑩的光芒，煉金師看著每一張臉孔、每一朵笑容，淚水在眼眶裡打轉。

「還有最重要的，」老婦人眼角的魚尾紋漾成優雅的弧度，「真誠而純粹的善良，能夠融化金石鑄造的心。」

「是你帶來改變的力量，」村長在人群中大聲宣布，「因此，我們想送你一份小小的禮物。」

村長向煉金師走來，懷裡是一隻白色的小狗。小狗圓潤的大眼是如此熟悉。

「啊，這是昨天的……」小狗蹦蹦跳跳的跑了過來，煉金師再也忍不住快樂的淚水，緊緊抱住牠柔軟而溫暖的身軀，「原來，我們都是煉金師。」他在白狗毛茸茸的耳邊，柔聲的說。

掌聲熱烈的響起。

煉金師抹去眼淚，深深一鞠躬。

這是有史以來，最完美的煉金術。

——原載二〇二三年五月十五～十七日《國語日報．故事版》

編委的話

・林昀臻

這篇童話以煉金師的視角描繪了一個充滿黃金卻缺乏人情味的煉金村。作者巧妙的使用黃金構成人物和動物，展現出一種震撼的異樣美感。當煉金師的真情感動小狗，進而感染整個村莊時，作者細膩的描繪了黃金融化的情景，讓人感受到情感的溫暖。整個旅程充滿奇妙感人的元素，以異鄉人的視角呈現煉金村民真實而動人的情感。

・林芮妤

煉金村被黃金覆蓋，宛如冰冷的高山、沉寂的土地，毫無生氣。然而，煉金師的到來為整個村莊注入了轉圜的力量，透過煉金師的視角，讓讀者深刻感受到人與人之間的疏離。這個故事不僅感人，更引發人對現實世界中冷漠現象的反思。在金錢充斥的世界中，我們是否也需要一位像煉金師一樣的溫暖存在？

・**游愷濬**

煉金師在旅途中使用煉金術提煉黃金，卻發現在充滿黃金的煉金村中無法發揮其技能。然而，煉金師的真心關懷成為強大的魔法，透過溫暖的問候和關心，融化了煉金村民的冷漠。故事深刻的提醒我們，生活中除了金錢和物質，人與人之間的互動和關懷同樣重要。作者以童話形式批判現實生活中的冷漠現象，讓讀者反思價值觀。

・**黃詠愛**

這篇童話以黃金包覆的村莊作為背景，黃金成為冷漠的象徵，彷彿整個世界都凝固，揭示了金錢和物質豐富卻缺乏感情的一面。煉金師的關懷彷彿一束光，破解了金錢束縛的冰冷，使整個村莊由冰冷變得有溫度。作者透過對人情味的讚美，呼籲讀者在現實中多關心身邊的人事，提醒人們要重視彼此的情感交流。創造一個更美好、有溫度的世界。

天堂與地獄

方　向

插畫／劉彤渲

作者簡介

台南師範、嘉義師專畢業，國小執教三十一年半，民國七十九年二月一日退休。年輕時喜歡國內外旅遊，如今年數不小了，讀讀書，為國語週刊寫寫故事。

童 話 觀

寫作童話故事，應該讓兒童能從閱讀中潛移默化，往正面發展，除了趣味性，讓兒童喜歡讀，還應顧及教育性。

阿善做了一個奇怪的夢，他夢見有個小天使對他說：「我可以帶你去看看天堂和地獄；你想先看哪一個呢？」阿善回答：「世上有很多關於地獄的傳言，但都沒有人看過，所以不知道傳言是真是假，我就先去看地獄，眼見為憑。」

小天使要阿善閉上眼睛，然後拉著他的雙手，飛呀！飛呀！片刻之後便來到地獄。小天使叫阿善張開眼睛。

阿善看看四周，他們來到一個很大的房間，面前有一張長餐桌，桌上擺滿豐盛的佳餚。阿善說：「地獄的生活看起來還不錯嘛！沒有想像中的悲慘！」小天使說：「你繼續看下去就會知道了。」

過了一會兒，用餐時間到了，只見一群骨瘦如柴、眼神黯淡的餓鬼面對面入座，每個鬼手中拿著一雙長長的筷子，悄然無聲。領隊喊道：「開動！」大家便爭先恐後，伸長手臂對準自己喜歡的食物夾，深怕吃不到東西似的。可是筷子實在是太長了，根本無法將食物送進嘴巴裡，加上你推我擠，筷子互相碰撞，食物紛紛掉落在餐桌、地上。有鬼破口大罵：「都是你害的！」對方當然不甘示弱，反脣相譏。就這樣你一言我一句，最後所有鬼都吃不到，只能望著滿桌的佳餚，忍受飢餓的痛苦。

阿善看了，不禁憐憫的說：「太悲慘了，怎麼可以這樣對待這些鬼？給他們食物的誘惑，卻又不給他們吃。」小天使淡淡的回答：「你覺得悲慘嗎？我再帶你去天堂看看。」

到了天堂，同樣的情景，同樣滿桌佳餚，每個

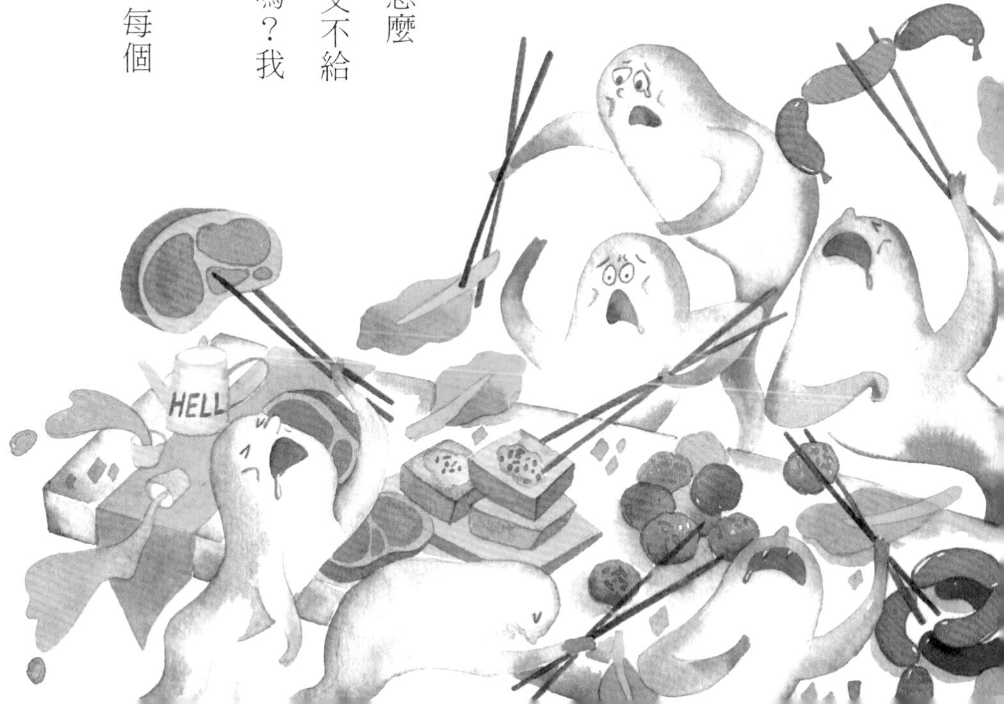

鬼手中同樣有一雙長長的筷子。不同的是，圍著餐桌吃飯的是一群洋溢歡笑，臉頰紅潤，目光炯炯有神的可愛鬼。領隊喊道：「開動！」只見他們同樣用長筷子夾菜，不同的是，他們會把食物餵給對面的鬼，而對方也夾起食物開心的餵他吃。因此，大家都吃得愉快又滿足。

阿善終於領悟，天堂與地獄的區別在於與人相處的態度，當人人都為對方著想時，就可以生活在快樂的天堂；如果大家都自私自利，只顧自己、斤斤計較，就猶如生活在痛苦的地獄了。

——原載二〇二三年二月五～十一日《國語週刊小學版》第二一五五期第七版「故事裡的事」

編委的話

・林昀臻

善良互助，即使環境艱困，人還是能攜手前進；若是私心算計，即便放眼坦途，人也只會互相爭鬥而停滯不前，甚至墜落深淵。作者以幽默的筆法呈現了人生中互助和自私所帶來的截然不同的結局。這種對比鮮明的手法，使得童話在輕鬆詼諧中深刻探討了人性的複雜性。

・林芮妤

天堂與地獄之間或許只有一步之隔，但故事揭示了態度對命運的巨大影響。作者以天堂和地獄的鬼的行為差異，突顯了自私和樂於助人的人在面對困境時所經歷的不同結局。這篇文章的作者想傳達自私自利的人和懂得分享的人在社會上的差別，同時也要警告讀者做人不要太自私！

・**游愷濬**

故事中的人們，手上拿著相同的一雙長筷子，心中只是一念之差，結局卻分別在天堂和地獄。故事透過天堂與地獄的對比，深刻呈現了人與人之間的互助和自私之間的差異。這種寓言式的敘事方式，使得讀者在笑聲中思考人性的複雜性，進一步反思自己的態度。

・**黃詠愛**

天堂與地獄在我們看來或許只是一線之隔，但它的背後卻有如此深奧的含意。這篇故事以極簡單的設定，展現了天堂與地獄之間微妙的區別。作者以對比手法描述兩組鬼的行為，強調了善良互助和自私貪婪之間的差異。故事的寓意深刻而生動，引發讀者對生活態度的反思。

魔法
營養午餐

情　琳

插畫／劉彤渲

作者簡介

過去拿著針筒，現在拿著鍋鏟的女性。曾經沉迷小說、散文，因為小人類的加入，重回童話世界的溫暖懷抱。對於抱著小人類說故事的喜愛僅次於香醇的咖啡！

童話觀

將大腦解離，精挑細選加到故事裡。為了你而搭建的篇章裡，有著我某個瞬間的感動、某個剎那的體悟、某個時刻的歡笑，甚至是某個重大的失去。說故事的是我，而完成故事的是正在看故事的你。

學校收到了來自巫婆的求職信，應徵校園營養午餐的大廚一職。這份履歷表上面不但有華麗的個人簡歷，甚至還具有語音功能，說得一口好菜。吸睛的履歷表讓總務主任猛點頭、校長直流口水，很快就錄取她成為學校的大廚。

本來，巫婆本來是一名不折不扣的老師，專門教小巫師們魔法學。可惜，她的脾氣不太好，每個學不會的孩子都被她變成了又醜又胖的癩蛤蟆。巫婆告訴蛤蟆們，只要能把自己恢復原狀就算通過考試。沒想到，班上的學生越來越少，噴水池裡的蛤蟆卻倍數成長。學生銳減的後果就是學校必須得減少教師人數，而把學生變成蛤蟆的罪魁禍首第一個被請出校園。巫婆雖然沒了工作，但身懷絕技的她什麼都能「巫」中生有，倒也不愁吃穿；但唯有一樣東西，連巫婆都無法讓它消失，那就是大把、大把的時間。畢竟平常人需要花時間才能做完的瑣事，她彈一下手指就能完成了，其餘的時間多到讓巫婆悶得發慌！於是，她作了個大膽決定，決心要二度就業。

雖然隔行如隔山，但巫婆還是雄心壯志，要以出眾的品味來征服大家的味蕾。產地直送、新鮮美味是連巫婆都知道的美味關鍵。為了煮出營養豐富的料理，巫婆不僅親自買菜，還特地選用學校才有的特殊食材。學生們看到新來的主廚一大早在學校菜園裡又挖又拔的，都非常期待今天的菜色。巫婆用她的獨特品味，為大家準備了三杯大青蛙、蚯蚓竹筍絲和青椒綜合蔬菜，甚至到學校的廣播室播報菜餚特色：

「青蛙青蛙，操場現抓；青蛙青蛙，又肥又大！」

「竹筍蚯蚓絲，實在真好吃！竹筍蚯蚓絲，豐富蛋白質！」

很快的，餐車繞了學校一周又原封不動的再繞回廚房。所有的餐點一樣都不少，所有的學生一口都沒吃；甚至連主任都來到廚房，委婉的告訴巫婆：「不用這麼大費周章！學生們的午餐講究營養均衡，一般家常菜就可以的！」

「我知道你是想準備一些特色菜餚，但是，明天，我們普通就好！」

不過，主任可能忘了巫婆的普通不是一般人的普通。

第二天，巫婆依照主任的意見給大家準備了每班一鍋綠色、黏呼呼的精力湯。在精心調配下，每個學生只要喝下一碗精力湯，就能補足每日所需養分。雖然更改了菜單，但成效不彰，湯品和主任又原封不動的回到巫婆身邊。巫婆放在備餐檯上的《實用魔藥學寶典》直接被主任換成一本《家常菜三〇〇道》的食譜書，並且主任告訴她，除了營養外還得考慮食物的顏色、香氣和味道。

在巫婆生命中，吃飯就是件例行公事，不需要思考，也不是享受。但是，當她翻開食譜書，書裡的每道菜看起來顏色那麼繽紛、擺盤是那麼精緻，彷彿隔著書都能感受到食物的香氣鑽進鼻子裡。巫婆實在非

常好奇書中菜色嚐起來是什麼滋味，忍不住購買了食材，按照書中的指示開始在爐火前烹飪。當食材在油鍋中滋滋作響時，水氣氤氳揚起時，巫婆竟在水霧中看到自己小時候的模樣。巫婆從小就愛溜進學校的教室，看著老師調配各種魔法藥劑。鍋中加入礦石、藥粉和一些蠑螈尾巴，再加上幾個咒語，就能調配出變身藥水、愛情靈藥或是口吐白沫搗蛋糖。調配魔藥，有時成功、有時失敗，總讓小巫婆驚喜萬分；然而，隨著年紀漸長，調配魔藥再也沒能在巫婆的心理激起任何漣漪。

當巫婆還在回憶往事，鍋子裡卻飄出焦炭氣味和陣陣黑煙；她笑著說：「這黏巴鍋底的東西也太像失敗的搗蛋糖了！」已經有好長一段時間，巫婆不曾失敗過任何一瓶魔藥；沒想到，她還能再體會到失敗的感受，就像孩子那樣！巫婆重新準備食材，再次烹煮，終於把一道最簡單的紅蘿蔔炒蛋端上桌。她把桌上的雜物通通推開，第一次坐下來仔細品嘗這一盤食物。當蘿蔔絲在嘴巴裡咀嚼，巫婆忍不喊出：「超級魔法棒!!」說完，連她自己都嚇一跳！這句話正是她第一次魔藥調配成功時最先迸出的一句話。巫婆忍不住一連煮了三道菜，每一道都給她無窮的驚喜和不同的啟發。原來，準備一頓美味的飯菜就像調製魔藥般神奇，現在，她已經準備好面對下次營養午餐的挑戰了。

隔天，巫婆只準備了梅子飯糰、蔬菜佃煮和味噌湯。然而，吃了營養午餐的學生在簡單的菜色中都回想起了不同的往事。有人想起第一次去海邊玩水，海浪拍打在身上的冰涼；有人憶起第一次生日，蛋糕的甜蜜柔軟；還有人回記奶奶第一次教自己種菜的往事。

巫婆果然是調製魔藥的高手；你是否也猜出營養午餐的魔藥配方了呢？

——原載二〇二三年七月五～六日《國語日報・故事版》

編委的話

・林昀臻

故事結尾巧妙引用了電影《神隱少女》的台詞，強調過去的美好記憶在生命中並未遺忘，而是暫時被掩蓋，讓讀者感受到巫婆人生的轉變和回憶的意義。透過巫婆的轉變，作者呼籲讀者要記得自己的美好回憶，找回初心。這樣的訴求深刻觸動人心，讓故事更具啟發性，引領讀者思考並重新評估自己的價值觀。

・林芮妤

巫婆原本是一位深受學生愛戴的老師，但由於脾氣問題而轉行成為大廚。儘管面臨挑戰，她未曾氣餒，持續追求她喜歡的事物。故事透過回憶的方式，呈現了巫婆小時候對魔法藥劑的好奇與喜愛，表達出「不要輕易放棄」的正面訊息。以此激勵讀者，提醒人們在生活中要保持對快樂的追求，不論遇到困難與否，都不要輕言放棄。

‧**游愷濬**

故事講述了巫婆由教育領域轉行成為廚師的心路歷程，透過製作魔法營養午餐，她發現了新的快樂與訣竅。讀者可以感受到作者對於內心追求的強烈呼籲，傳達出一種只有真心投入的工作才能取得滿足感的深刻訊息。同時，故事中的巫婆也彷彿提醒讀者，這個世界需要更多像她一樣，充滿熱情與堅持的人。

‧**黃詠愛**

故事中的巫婆以愛心為小朋友烹製午餐，打破傳統童話中對於巫婆的刻板印象。故事強調了追求自己喜歡的事情是一種幸福，透過巫婆的轉變，引導讀者思考自己是否也能在自己熱愛的領域中找到屬於自己的幸福。作者透過這樣的敘述方式傳達出關於奉獻與愛的美好價值觀，提醒讀者在現實生活中也應保有對他人的關懷與服務精神。

記憶國境

李威使

插畫／潔子

作者簡介

住桃園，學生都叫他小威老師。 在學校，他喜歡把閱讀帶進孩子的生命裡。得過教育部閱讀推手、桃園市兒童文學獎、教育部文藝創作獎、台中文學獎、鍾肇政文學獎以及信誼幼兒文學獎。歡迎來臉書粉專【別鬧了小威老師】一起聊聊。

童 話 觀

童話就像閉上眼時，全然的黑暗中會看到浮動的游絲，看得到卻捉不著，也像泡泡一樣漂浮在身邊，一伸出手想觸碰就破滅了。但我知道童話都在，等待我想辦法捕捉下來。

1.

記憶國境最近越來越常起濃霧、地震與黑夜了。

每次濃霧、地震之後，記憶國境的世界就崩壞了一些。

居住的環境越來越糟，記憶國境的居民紛紛離去。

今天，王伯伯也要跟大家說再見了。

「那麼，謝謝大家這段日子的照顧，希望有機會還能回來這裡跟大家聚聚，再見了。」

說話的是一個身穿毛料背心，一派紳士打扮的王伯伯，禮貌的脫下帽子，向大家深深一鞠躬之後，提起旅行箱，轉身離去。

大家都知道這一天遲早會到來，只是沒有人想到連王伯伯也會離開。

畢竟王伯伯跟老李可是做了三十年的鄰居，雖然沒有到如膠似漆的友誼，但也是相處愉快的好朋友，平常在樓梯間見了面也是會寒暄幾句的朋友關係。

可是該來的終究會來，今早王伯伯在社區樓下遇見老李時，王伯伯熱情的揮手，要老李一起到涼亭下盤棋，可是老李似乎有點受驚，對王伯伯說：「你叫我嗎？我認識你嗎？」

王伯伯當下覺得很尷尬，只好笑著說：「老李你在開什麼玩笑？」

這已經是第二次了，前一次是在半個月之前發生，上次老李很快想起王伯伯是住在四樓的鄰居，但是這一次老李真的想不起來，哪裡見過王伯伯了，所以當天王伯伯就跟大家道別了。

王伯伯離開記憶國境之後，大家都很憂慮，因為這代表老李的病情變得更嚴重了。

「連王伯伯都走了，這下子我們怎麼辦？」

「沒事，別自己嚇自己，大家不是還好好的住在這裡嗎？」

說話的都是住在記憶國境很久的居民們，他們全都是老李的親朋好友。他們隨著老李的成長，在記憶國境中居住著。就像自然法則一樣，有時候記憶國境會增加一些新朋友，有時候記憶國境的居民也是會離開的，來來去去，很正常。

在現實的世界裡，老李是個上了年紀的獨居老人。前陣子出了門之後，竟忘了回家的路，連警察問他叫什麼名字，老李想了好久才記起來自己叫做李明寬。回家之後，老李的兒子帶老李去醫院檢查，醫生確定是老人失智症。

醫生交代除了吃藥之外，也需要家人多陪伴。

但是老李不願意去城市裡跟兒子居住，也拒絕兒子花錢請看護，兒子只好做了一個防走失手環給李明寬，並答應常常回家探望。

自從老李生病之後，記憶國境就開始常常有濃霧及地震。原本風和日麗的好天氣，一陣雲霧吹來，四周就被濃霧包圍，原本清晰的花草樹木、城鎮街道全都消失不見。

濃霧散去之後，記憶國境的景色就變淡了一點。

「你們有沒有覺得，顏色好像變淡了？」

「好像有，我覺得樹葉沒有那麼綠，天空也沒有那麼藍了。」

「濃霧還好，我最怕的是地震，每次發生地震，這個世界裡的房子就會崩塌一些，許多物品就會被埋在倒塌的屋瓦下面，好可怕！」

「除了濃霧跟地震變多了之外，黑夜也越來越長了……空無一物的黑夜，沒有月亮、沒有星星，什麼都沒有的黑夜。」

住在記憶國境的居民，面對自己的世界不斷崩壞消失，大家都擔憂得不得了。

就在這個時候，又發生地震了。

地震來得又急又猛，遠方的房子倒了幾棟，可能有些居民被埋在屋瓦底下，最麻煩的是，沒有人知道是誰埋在屋瓦底下，這些人就這樣消失了。

如果濃霧像小偷，悄悄的偷走這個世界的東西，那麼地震就像是強盜，光天化日之下搶走這個世界的東西。因此居民才會為王伯伯舉辦道別會，至少能好好說再見，不要走得那麼突然。

經過一番討論之後，大家決定推派住在記憶國境最久的小寬，要想辦法阻止記憶國境繼續崩壞。

小寬的樣子就是李明寬小時候的模樣，從老李有記憶以來，小寬就住在記憶國境裡。

小寬的媽媽跟小寬說：「就靠你了，也許再過不久，我也會離開。」

小寬：「不會的，李明寬怎麼可能忘了媽媽！」

小寬的媽媽說：「生病的話就會，你快出發吧！去想辦法。」

小寬背負著記憶國境所有居民的期待，出發尋找阻止國境崩壞的方法。

2.

自從被醫生診斷為老人失智症之後，老李變得更鬱鬱寡歡了。

老李的妻子過世之後，老李的記憶就開始惡化。

原本妻子都會幫他打理好生活上的各項需求，現在老李只能靠自己。

老李不覺得自己生病了，只是覺得年紀大了，記憶難免衰退，忘記東西哪有那麼嚴重需要看醫生吃藥。直到有一次，老李搭公車到城裡辦點事情，辦完事情之後找不到回家路線的公車，只好徒步走回家。巡邏警察發現一個老人獨自走在危險的省道上，先將老李帶回派出所，然後通知老李的兒子，才發現老李的健忘問題已經需要就醫了。

老李過去每天早晨會出門散步運動，但上次王伯伯事件之後，老李很怕又遇到過去認識的人卻想不起他是誰，所以現在很怕跟人打招呼。有時候路人只是禮貌性的點頭微笑，都會讓老李驚慌失措的懷疑，自己是不是又忘記眼前這個路人了。惡性循環之下，老李更不喜歡出門了。

現在，老李坐在客廳，雙眼空洞的看著電視螢幕，等待一天的時間過去。

3.

記憶國境的景象，是根據李明寬這輩子所見所聞建造而成的。被濃霧覆蓋的地方代表記憶模糊，地震所造成的崩塌則代表完全忘記，最嚴重的情況是永恆的黑夜，到時候記憶國境將被無止境的黑暗所壟罩。

小寬在大家的期待之下匆忙上路，但他其實不知道該去哪裡阻止記憶國境繼續崩壞。只能邊走邊問。

小寬看見遠處有個小孩，背著大包小包的行李彷彿要出門遠行。

小寬心想：那不是兒時的玩伴嗎？

好久沒看見這個兒時的好兄弟了，記得以前最常放學後去溪邊抓魚、拿彈弓打麻雀，兩個人天天玩在一起，什麼時候沒再聯絡了？

小寬跟兒時同伴熱情的揮手。小寬問：「我記得你，好久不見，你要去哪？」

兒時同伴說：「小寬，我要離開了，趁著我還能決定的時候趕快走，能親自跟你道別真是太好了！你其實連我的名字都忘記了吧。」

小寬有點難為情的承認確實忘記他的名字了。

兒時同伴說：「我很懷念小時候跟你一起遊玩的日子，再見了，我的好兄弟。」

告別了同伴之後，小寬難過了好一陣子才上路，走沒多久，濃霧又再度襲來。

在濃霧之中，小寬又遇見一群像是在逃難的居民。

這群人數有點多，裡面都是小寬兒時的記憶，有小學的老師、雜貨店的老闆、初中時暗戀的女生、當兵時的同梯弟兄，還有許多面貌模糊，小寬想不起來的居民。他們都是想趁著永恆的黑夜籠罩之前，趕快離開記憶國境的居民。

小寬對著離去的居民大喊：「別走，我會努力保護國境的。」

但是沒有人理會小寬的吶喊。

雜貨店老闆停下來說：「你怎麼可能對抗濃霧、地震與黑夜，算了吧！」

女孩邊走邊回頭說：「記在心底的，才有意義，忘掉的，就已經不存在了。」

小寬的小學老師停下來說：「也許問題不在這裡，你要想辦法讓現實世界的李明寬改變，這才有救。阻止李明寬的病情惡化，黑夜才不會那麼快來。」

小寬點點頭，開始努力的奔跑。

他跑啊跑啊！賣力的跑，邊跑邊吶喊，用盡生命的力量，朝國境的邊界跑去。

他邊跑邊大喊：「李明寬，你這大混蛋，你要害大家全都離開嗎？你生病了，就乖乖接受治療，你越怕跟人相處，你會忘得越快，想想你的兒子，想想你的孫子，不要讓我們陷入黑夜啊！」

小寬用力的嘶吼著，直到力氣用完，才躺在一片草地上大口的呼吸。

小寬手指向藍天，想要握住什麼，卻什麼也沒有。

4.

老李在客廳的沙發上睡著了，窗簾將外頭的陽光擋在窗外，客廳顯得昏暗。

老李醒來時腦袋一陣混沌，搞不清楚現在是什麼時候了。

剛剛好像有做夢，但已經想不起來夢見什麼了。

但老李眼角有淚水，他連自己忘記什麼都不知道了，他扶著額頭，努力回憶夢中那種遺憾又憤怒的感覺，只是細節全忘了。

「真的老了，連剛剛做的夢都想不起來。」

老李想看看現在幾點了，看到手上有兒子為他準備的手環，上面有兒子的電話。

老李想起來要做什麼事了，他拿起電話，打電話給兒子。

兒子接起電話之後，老李說：「這禮拜有沒有放假？我想去城裡看看孫子。」

然後老李將窗簾拉開，讓午後的陽光照進來。記憶國境的陽光又閃耀了起來。

本文獲二〇二三年第十二屆台中文學獎童話類第一名
經台中市政府文化局同意轉載

編委的話

・林昀臻

這篇以一個虛擬的國度來比喻一個人的記憶，用各個角色人物來比喻記憶的組成。再用濃霧、地震、黑暗等災害元素，來描述「記憶」這個國度所面臨的各種症狀與崩壞。非常貼切易懂又充滿溫度，深深觸動讀者的情感。透過記憶國境的崩壞，作者喚起對於老年失智的關懷和同理心。讓我深刻體悟到，尊重和理解長者的心靈需求，是每個人都應當關注的重要議題。

• **林芮妤**

老人失智一直是社會大眾所關注的事，還是小學生的我對這種事其實沒有很關注，直到閱讀這篇童話。看到作者用天災表達失智症狀的嚴重性時，我第一次感受到了遺失記憶是多麼可怕的事！作者以深刻且感人的手法描繪老李爺爺罹患失智症的痛苦，讓人對失智症的理解更為深刻。也讓我提醒自己趁現在多創造些美好的回憶，並謹記在心，永遠不要忘記！

• **游愷濬**

每次閱讀到有關老人失智為主題的童話，總讓我心裡有不捨和傷感，記憶國境的崩壞，如果發生在自己家人身上，將令人多麼的焦慮和害怕。作者以濃霧、地震和黑夜等自然現象，象徵性的表現出老李爺爺因為失智所承受的心靈風暴，刻劃了失智患者的無助感。讓我感受到要更加珍惜與家人相處的時光，給予失智長者更多的關愛和理解。

• **黃詠愛**

記憶是一種特別的能力，作者以災害和自然現象隱喻記憶消失時的可怕景象，將記憶國境的崩壞描繪得淋漓盡致。這種比喻手法不僅讓讀者感受到老人失智的心靈震撼，使我更理解對於遺忘的恐懼以及忘卻所帶來的無助感。故事中的角色與情節引發我對於生命的反思，提醒我要珍惜每一個現在的瞬間，因為未來的記憶可能會隨著時間流逝而消失。

卷二

探訪心靈加油站

錯字大元帥

王文華

插畫／劉彤渲

作者簡介

兒童文學工作者，出版有《可能小學的歷史任務》、《歡喜巫婆買掃把》、《梅子老師這一班》、《時光小學》等書，得過金鼎獎、國語日報牧笛獎、陳柏吹國際兒童文學獎，有王文華的童話公園臉書專頁，歡迎你上來逛逛聊聊。

童話觀

宇宙神奇之處，在於萬象皆有可能，只因，在可能小學裡，沒有不可能的事。

串在一起

水晶宮裡，來了潑猴孫悟空，牠在水晶宮裡蹦蹦跳跳，大膽挑戰四海龍王，殺得蝦兵蟹將叫苦連天，拿走如意金箍棒，跳上雲端：「前呼後擁威風皓皓，立下老孫旗號……」

李卓志正搖頭晃腦比劃著，一個人影站在他桌前。

「李卓志！」

「李卓志！」

唉呀，是江老師。

「我叫了你幾次，怎麼啦？」

「沒什麼，我正看書呢。」

教室裡的孩子全笑了，大家的書都翻到第七頁了，他還留在第一頁，真不知道他看到哪裡去了。

「那你起來帶大家念書吧，別漫不經心了。」

江老師的年紀大脾氣好，就算李卓志上課不專心，他也沒生氣。

「好的，老師。」李卓志個子高大，一站起來，全班孩子又笑了：笑他的褲子太短人太高，笑他拿起書來，像大棕熊拿本漫畫書。

他看看書，書上是：巧言令色，鮮矣仁！

這個「巧」和「鮮」字沒見過，幸好，李卓志曾聽人說過，有邊讀邊沒邊就讀中間，十個字總有九個對，所以他就念：

「子曰……工言令色，魚矣仁……」

江老師搖著頭：「明明是巧言令色，鮮矣仁，你卻變成工和魚，你果然不知自己是錯字大元帥！」

課間休息時，同學對著他拍手唱：

李卓志，李錯字
有邊讀邊沒邊讀中間
李卓志，李錯字
每個字都要再錯一遍

李卓志不在乎，他等大家笑完：「昨天放了學，我跑去街口看戲，小周魚演的孫大聖……」

一說起孫大聖，那些情節、動作、手勢，比江老師教他讀的《論語》還清楚，他邊講邊比劃，邊比劃邊說台詞。

只是說起台詞，李卓志就不靈光了。

什麼排雄陣，礪槍刀，什麼敗瘟神，驅強敵……

還有什麼呢，他的嘴張得開開的：「驅強敵……」

同學笑他：「你叫李卓志，當然就要做個錯字大元帥啊，念不出來沒關係，因為那就是你呀！」

李卓志聽了很開心，他想的是：「對，那就是我，錯字大元帥也是個大元帥嘛。」

魑魅魍魎四隻小鬼

這個月，東昇樓演大戲。

小周魚演武松，在台上以一根哨棒對著老虎。

大老虎飛撲而來，武松立定腳跟，輕輕一轉，哨棒當頭劈下，唉呀，棒子斷成兩截，老虎吃疼，地上一滾，利爪全張，直襲武松……

武松矮身，朝老虎肚子一拳，震得老虎嘶叫連連。

台下觀眾叫好，喊最大聲的是李卓志，在台下看得如癡如狂，跟著小周魚比劃著。

一拳擊在虎頭。

一腳踢翻老虎。

一個蹤身跨坐虎背……

這齣戲，李卓志看過很多次，小周魚的動作，他幾乎學全了。

按著老虎頭掄起鐵拳，一拳又一拳！

台上的小周魚打老虎，台下的李卓志打板凳。

那把可憐的凳子，被他當成傷人的大老虎。

觀眾本來在看小周魚，不知不覺，全被李卓志的動作吸引了。

鑼鼓急點，李卓志動作加快，那隻老虎，不對，那把凳子被他踢翻，鼓聲突然一停，李卓志聽見四周傳來一陣喝采，他抬頭才發現，台上的小周魚停下動作，正笑著看他呢！

「想不想來跟我學戲？」下了台，小周魚說：「你的天資不錯啊！」

「那還有什麼好想的呢！」

李卓志就這樣進戲班，小周魚變成他師傅。

學戲很辛苦。李卓志不怕苦，每天早早起床，練身段練功夫練唱詞，哦，他討厭練唱詞。

若是只學功夫多好啊！他每天一早就起來練，動作練得跟師傅一模一樣，下腰翻筋斗，抬腿齊眉高，師傅讓他做什麼，他就練什麼，直到……

直到吃完午飯，該練唱詞了。

每天的午課，他皺著眉打著哈欠。李卓志討厭劇本，劇本上都是字。

那些台詞他念得結結巴巴，教戲的小周魚，一樣教得很痛苦。

「這四個字怎麼念？」小周魚指著「魑魅魍魎」。

「嗯，嗯，嗯……」李卓志覺得那四個字都很像，但怎麼念呢：「是不是鬼鬼鬼鬼四隻小鬼？」

「四隻小鬼？天哪！」

「師傅，我們就別念了吧？」

「你不是上過學嗎？」

「是呀！」

「那就拿出讀過書的樣子來，打開劇本，念……」

「念啊～」李卓志的腦袋拒絕，眼睛往四周瞄了瞄：「師傅，您要不要喝茶，我去泡？」

「這是什麼時間，讀！」小周魚知道他的技倆。

劇本上，密密麻麻，孫悟空大鬧天宮的劇本，除了打，還要唱：

精神抖擻，略勝一籌，

妖魔聞名暗地溜，
大聖滿面春風笑悠悠。

三句詞，認不得的字卻多，還好，李卓志記得，凡是不認得的字，那就有邊讀邊沒邊讀中間：

精神科數，田生一壽，
妖魔聞名暗地留，
大聖滿面春風笑愁愁。

「停停停……」小周魚不是江老師，脾氣一來急白了臉：「你回學校好好讀書，等你把字都認全了，再來學戲吧。」

「學校？」李卓志壓根兒不想去，他決定：

此處不留元帥，自有留元帥處，處處不留元帥，錯字大元帥城裡住。

有邊讀邊沒邊讀中間

昇平樓缺個跑龍套的，李卓志接了那個缺。

一大群的龍套上了場，跟著大花臉這邊跑那邊跑，有的還會跑錯位置。

李卓志不會，他個子高，又練過腰腿功夫。

舉大旗，他舉得最高。

耍大刀，他耍得最好。

要翻筋斗嘛，別人翻一個，他可以多翻三個，最後還免費奉送空中直體旋轉三圈半。

觀眾們注意到他了，還有人特別來看他，他一登場，滿場叫好：「龍套，龍套，昇平樓最好的龍套。」

戲班老闆幫他加戲了，本來只是跟著一大群人，上台排排站好。漸漸的，他就有自己的角色：是張飛的手下，是梁山伯的書僮，是皇上跟前小太監……角色要說話的，李卓志不怕，小角色，戲詞不多，在張飛面前喊將軍來了，跟在皇上身邊念皇上有命令，要是當書僮，只要說少爺，您罵的是！

「唉呀，小龍套變成個角兒啦！」觀眾們拍拍手。

「謝謝，謝謝！」李卓志好開心：「誰說我不是個角兒？」

戲班老闆喊他過去，給他本子：「白孔雀傷了腰，跳不起來，你能替他唱幾天戲嗎？」

「我啊？」

「當然啦，只要你唱得好，他的待遇是什麼，你就有什麼。」

李卓志知道，白孔雀是赫赫有名的角兒，有自己的休息室，自己的化妝師

傅，回家休息還有間小洋樓，那酬金……

白孔雀演的西遊記，他看了好多遍，從大鬧天宮，到西天取經：「我接！我接！」

「那就這麼說定了。」戲班老闆把劇本遞在他手上。

劇本很沉，興奮感變成了重量感，翻開來，每一頁都有幾個陌生的字。

「怕什麼呢？」先天的樂觀，讓他決定：「有邊讀邊沒邊讀中間，十個字裡總有九個對呀！」

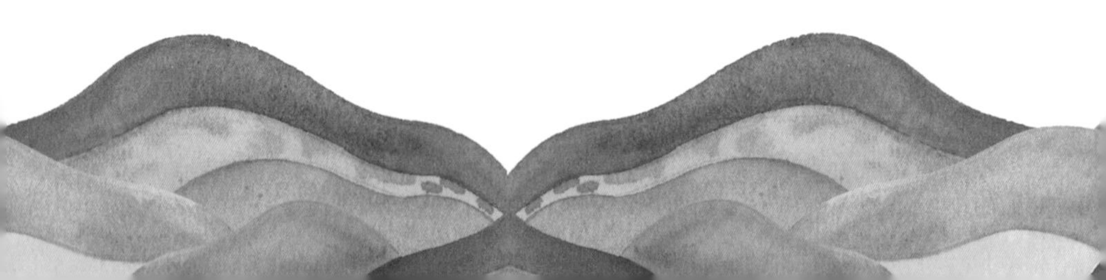

李青和那吒來了

孫大聖上台了。

這是大鬧天宮，鼓聲急，弦絲高，李卓志的大聖對上了托塔天王李靖。

十萬天兵天將排成陣法，唉呀，那全是龍套嘛！

李卓志得意極了。幾天前他還是個龍套手，只能當十萬天兵裡的一個兵，現在他手裡有根金箍棒，是全場的焦點。

燈光照在他身上，底下的觀眾等著他。

「好個托塔天王李青，吃

老孫這一棒！」

托塔念對了，李靖倒成了李青。

台下觀眾沒聽清楚，以為背景音樂太大聲，演員的聲音糊了。

但是往下演，他左一句李青，右一句李青，哪吒出來時，李卓志大叫「那吃」，底下的觀眾全笑了。

「李靖變李青，哪吒變那吃，你還是個演員嗎？」

對呀，但戲還是得往下演呀。

王母娘娘四字他認得，「蟠」桃園倒成了「翻」桃園，觀眾喊退票，戲班老闆還跑出來道歉，保證：「明天，明天找個不會念錯字的演員。」

下了戲，有點淒涼，李卓志的妝都還沒卸，就被老闆找了去。

「我看這不行，你還是回去讀幾年書再來吧。」

謝過老闆，他告訴自己，不怕不怕，好手好腳只要肯吃苦，去哪兒都不怕！

但是，該去哪兒呢？

慶吉祥戲班缺人，他去慶吉祥；慶吉祥觀眾笑他，他就轉去大精采戲團。

大精采的觀眾笑他是白字先生，他只好再轉到高光點戲班。

一家戲班換過一家戲班，每次的結果都差不多。

跑龍套變成小配角，小配角升成當家台柱，然後只要一念詞……

觀眾把他轟下台。

再換一家戲班吧！

一般的人應該放棄了，李卓志沒有，他在一個有風的清晨，站在學校大門口。

他回來讀書了。

經過這麼長的時間，他是學校裡年紀最大的學生，也是最認真的學生。只要有孩子上課不認真，他就會勸：「好好學習，別像我，演了一輩子錯字大元帥。」

春花秋月，寒來暑往，這天，李卓志輾轉接到一封信。

昇平樓老闆的來信：「觀眾們想你，你快來！」

「我就去！」隔了這麼久，演戲的熱情，還在他心裡燃燒呢！

觀眾還沒來，為了慎重，李卓志在戲樓裡，先把戲演了一遍。

那場演出，他演得好極了，不管扮相還是動作，不管身段還是走步，無一不到位，尤其是唱詞，字正腔圓，字字都對，那是他花了三天時間，把每個字都校過問過查過，再背起來的。

「怎麼樣？」李卓志停下來，望著戲班老闆。

「好，太好了，只是……」

「我還有字沒讀對？」

「那倒不是，問題就在你都念對了。」

老闆手裡一疊信，全是觀眾的來信，他們都是這戲院的忠實觀眾，印象最深刻的表演，是那個老是念錯詞的演員，如果能請他再回來演戲，一定要通知他們。

錯字大元帥

昇平樓上新戲，演出的是新崛起的名角錯字大元帥。

四鄉八村的家長，都帶著孩子來看戲。

當天演的是空城記，三國孔明的戲嘛！

台下孩子的眼睛睜得大大的，耳朵豎得直直的，錯字大元帥演孔明，他說的每個字，孩子們都很用心的聽，終於，終於聽到錯字大元帥輕搖羽扇，說……

「對面的司馬二聽好了。」

滿場的孩子舉起手：「錯字大元帥，是司馬懿啦。」

「原來是一不是二呀？唉呀，我又念錯了。」錯字大元帥搖搖羽扇：「謝謝大家指正！」

「沒事，沒事，你繼續演，我們負責教你認字，那個懿也不是一二三的一哦。」

燈光亮，樂器停，全場觀眾拍拍手。

大家以為他笨，其實他在每齣戲裡，都要故意錯那麼幾個字，要是觀眾們沒聽出來，他還會停下來：「讀書一定要認真，不然連我念錯你們也沒聽出來！」

錯字大元帥說到這兒，笑一笑，這會兒他又變回孔明了：「那個司馬

「『一』，快派你家的司馬『二』來吧！」

——原載二〇二三年八月《未來少年》第一五二期

編委的話

・林昀臻

這是一部透過詼諧對話、逗趣行為展開的「小人物狂想曲」。最感動我的是一個人用幽默的態度看待人生，堅持理想的熱忱。生動的描寫，展現了學習的樂趣與生命毅力的同時，也強調了樂觀生活態度的重要性。透過這篇童話，我深深感受到生命中的無窮可能性，只要勇敢面對，努力追求夢想，就能創造屬於自己的奇蹟。

・林芮妤

故事主角讓我明白了什麼叫做天生我才必有用，雖然他在課業上有所不足，但在舞台上的表現卻驚豔全場，讓觀眾嘆為觀止！透過他的經歷，讓我深刻體會到每個人都有其獨特的天賦和潛力，只要永不放棄努力，每個人都有發光的時刻。作者以生動的筆觸刻畫了「錯字大元帥」的性格，使讀者在笑聲中深刻體會到，只要有決心改變，就能戰勝困難。

・**游愷濬**

只要願意學習，永遠都不嫌晚，只要認清自己的缺點，願意改變與調整，也永遠都不嫌晚，這是看完這個故事最大的感受。故事主角李卓志在面對錯字的困境時，最終透過努力學習和幽默面對，不僅改變了自己，也讓觀眾感受到學習的樂趣。作者以一種幽默風趣的方式表達學習的重要性，透過主角李卓志的轉變，教導讀者只要肯學習，就能克服困難。

・**黃詠愛**

每個人都有寫錯字的時候，但只要有肯改變的心，跟努力不放棄的精神，相信總有一天一定會越變越好的！作者以輕鬆風趣的筆調生動描繪「錯字大元帥」的奮鬥歷程，讓讀者在笑聲中感受到對夢想的堅持。這篇幽默風趣又意味深長的童話讓讀者領悟到：一個人若真心想改變並付諸行動，最終一定會成功的。

永恆的印記

梁芸嫚

插畫／潔子

作者簡介 ……………………………………………………………………………

一九九六年生，清大台灣文學研究所畢業，有胎記之人。喜歡咖啡、奶茶、小熊與兔子，戀棧山海，相信魔法與聖誕老人，每日家中的背景音樂是安溥和告五人。曾獲台南文學獎、月涵文學獎，其他作品散見《聯合報》、《人間福報》、《國語日報》。

童 話 觀 ……………………………………………………………………………

我所理想的童話世界裡性別應是平等的，有喜悅有哀愁，有生活有別離，有歡聚的珍貴，也有獨處的哲學。感謝陳昭吟老師對我兒童文學的啟蒙，〈永恆的印記〉是我當年在老師兒文課上懷著真心寫就的作品。

魔靈之界靠著中央花園的水晶玫瑰維持秩序，水晶玫瑰花的外層有一道玻璃結界保護著，好讓水晶玫瑰不被有心人士破壞。

每日晨曦時分，長老阿炎都會打開玻璃結界，讓水晶玫瑰花可以發送香氣到整個魔靈之界，而氣味的傳送是無遠弗屆的，因此花香可以傳至魔靈之界的每一個村莊中，只要在香氣傳送範圍內的一切事物，都會維持著最好的狀態，而且是永恆不變的！所以魔靈之界擁有最綠意盎然的春季，永不凋零的花，吃不完的糧食，每日灑落的陽光都是最燦爛的，每一夜的月光也都是最溫柔的。

從魔法學院放學之後，奇奇和同學們按照平常的慣例，走到甜點山玩耍，他們躺在棉花糖椅上，一邊吃著奶油草莓蛋糕，一邊喝著熱可可。

「明天就是一年一度的玫瑰大賽了，你們想好要帶哪一朵玫瑰去比賽了嗎？」奇奇咬了一口蛋糕。

「我想要帶我爸爸種的粉紅金玫瑰去！那是我們家傳的種植方法，我一定會贏的！」阿辛充滿自信的在棉花糖座椅上跳來跳去。

「那我要帶我奶奶留給我們家的傳家之寶，湖水藍玫瑰！我們家可是蟬聯了五年的冠軍呢！今年冠軍也一定非我莫屬。」小柔把熱可可一飲而盡，露出得意的笑容

「奇奇你呢？」阿辛和小柔好奇的問

「我……我……明天你們就知道了！」奇奇從棉花糖座椅上跳了起來，丟下這一句話，撇頭就跑離了甜點山。

「這下完蛋了……我什麼都沒有準備。」奇奇邊走邊說，非常懊悔他對同學隨口撒的謊言，但事到如今，也無法再回頭了，明天就是玫瑰大賽舉辦的日

子，全村莊的民眾都會來圍觀。

奇奇煩惱的走著，赫然發現有一道美麗的光芒就這樣劃過天際，他朝著光墜落的方向跑了過去。

「哇！這是……」奇奇簡直不敢相信眼前的所看見的一切。

墜落的光芒掉落在水晶玫瑰的結界上，讓結界裂成了兩半，而水晶玫瑰透過玻璃結界閃著銀色的微光，相當耀眼。

「如果拿到這朵水晶玫瑰，我一定可以贏過所有的人，拿到第一名的！」奇奇往前一步，試圖穿越結界。

「咳咳咳……是誰？咳咳咳……」長老阿炎察覺到不對勁，緩慢的從屋子裡走出，但由於年紀大的關係，看得非常不清楚。

「拿起那道光。」一個陌生男子的聲音傳進奇奇的耳裡。

奇奇隨著聲音走近光輝，並且嘗試著去碰觸。

「不可以！」長老阿炎大聲吶喊。

就在奇奇觸碰到光芒的瞬間，整個魔靈之界被一道巨雷襲擊，接著玻璃結界開始崩壞，從下至上漸漸開始碎裂，玻璃一片一片的在空中消失殆盡。全部的碎片都消失之後，水晶玫瑰掉了出來，奇奇一把就抓著水晶玫瑰逃出了中央花園。

「耶！太好了！太好了！我贏定了！」奇奇蹦蹦跳跳的把水晶玫瑰高舉著拿回家。

水晶玫瑰離開中央花園之後開始迅速凋零，整個魔靈之界也隨之受到影響。

隔日，烏雲密布，這是魔靈之界第一次出現陰天，花園裡的花朵全部都凋謝了，鳥兒也不再歌唱，烏雲籠罩了整個天空，接著開始下起了雪。

「是我太早起嗎？太陽公公都還沒起床呢！而且還下雪，看來今年冬天比較早到呢！」奇奇還沒察覺哪裡不對，興高采烈的拿著水晶玫瑰花前去參加玫瑰大賽。

「今天的天氣超詭異的啊……」阿辛說。

「而且雪越下越大了……看來今天的比賽真的要取消了。」小柔喪氣的說。

「不行！比賽一定要照常舉行！」奇奇衝進比賽場地，急得跳腳。

「可是你看，連天都開始黑了，魔靈之界從來沒有出現過這種狀況。」阿辛開始收拾東西，其他人也紛紛離場。

「可是！可是！」奇奇想阻止阿辛的收拾動作。

這時主持人宣布：「注意，由於今日的天況不佳，比賽必須延期！請大家……」

主持人話還沒說完，天空就颳起了狂風，雪也變得更大，甚至還下起了大顆的冰雹！

「哈哈哈哈！全部都給我退下！現在由我暗黑王來統治魔靈之界！」一個黑影從烏雲間冒了出來。

「你們就是過得太安逸了！看我把你們全部都變成石塊！」暗黑王用力揮舞手上的拐杖，一瞬間，被暗黑王用拐杖指到的人通通都變成了黑色的石塊。此時長老阿炎乘著魔毯趕到了比賽會場。

「暗黑王！又是你！」長老大喊。而就在他降落之前，暗黑王瞬間就用法力把長老變成了石塊，頓時從魔毯上掉下地面，一切都失去了控制。

「這下該怎麼辦……是我害的嗎？」奇奇跑得快，潛在會場後頭的黑巧克力水井裡，成了唯一沒有被發現的人，他身上沾滿了黑巧克力漿。而除了奇奇之外的所有人都變成了石塊，無法動彈。

「既然是我惹出來的禍，那我就一定要想辦法挽救……」奇奇看著手上握著的水晶玫瑰，滴下了淚水，然而就在淚水滑落的那一瞬間，水晶玫瑰化成了一把利劍！

「太好了，終於被我等到這一天了！哈哈哈哈。」暗黑王心滿意足的說。

此時奇奇從巧克力水井偷偷爬了出來，一步一步接近著毫無戒備正在休息的暗黑王，而沾滿黑巧克力漿的奇奇，就有如其他被變成黑色石塊的人一樣，完全分辨不出來。

他朝暗黑王的背後靠近，趁著他毫無防備之際拿著利劍從背後刺了下去。

「啊！……我幫助你，你卻這樣對我……」突然，水晶玫瑰化成的劍與暗黑王同時化成了灰燼。

變成石塊的人們漸漸恢復，自由活動了起來，但身上卻多了一塊不明黑色

的印記。

長老跪坐在地上，無奈的嘆了口氣說：「現在，我們得快點離開魔靈之界了，沒有了水晶玫瑰，單憑我的法力已經無法再維持這個世界，很快的，我們就會隕落到『人界』去，那是一個與魔靈之界截然不同的世界，在那裡，所有的事物都得加倍珍惜，因為在那世界，永恆並不存在……」

長老話一說完，彷彿用盡全身的法力般，朝天念了一段咒語，全部的人全都消失被轉換到了「人界」之中。

後來人界流傳著一個傳說：身上有著黑色胎記的人，特別懂得珍惜身旁的一切事物，他們口中總說著：「只有當下才是永恆，永恆只在當下擁有……」

——原載二〇二三年七月十七～十九日《國語日報．故事版》

編委的話

・林昀臻

魔靈之界和暗黑王的想像力豐富，吸引小讀者的好奇心。故事結合童話元素，以「永恆的印記」為主軸，呈現了一場奇妙而不同尋常的冒險。作者在結局處營造出戲劇性的轉折，使得故事遠離傳統童話的完美結局，突顯出現實生活中不同於期待的轉變。結尾的「只有當下才是永恆，永恆只在當下擁有」充滿哲理，引起讀者對於「永恆」的深刻反思。

・林芮妤

作者以「永恆的記憶」為主題，運用水晶玫瑰和黑色胎記等元素，營造了奇幻神祕的氛圍。透過奇奇的冒險，作者巧妙的呈現出深刻的思考，並在結局處呼籲人們要好好珍惜眼前的美好。結尾的「只有當下才是永恆，永恆只在當下擁有」一句話深深觸動我的心靈，讓我深切感受到故事內涵的哲學意味。

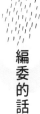

・游愷濬

這個故事讓我對自己身上的胎記產生新的解讀，猶如童話故事中的主人公，我也想成為具有「珍惜當下」特質的人。故事情節巧妙而感人，以胎記為出發點，引導讀者思考自身的特質和價值，深刻探討人生中的起源和命運。作者以魔靈之界和暗黑王的對抗為背景，藉此呼籲讀者應該珍惜當下的美好；反轉和啟示性的結局讓讀者在笑聲中也不禁思考生命的真諦。

・黃詠愛

這篇故事的詭異氛圍和黑色胎記的神祕感，讓我聯想到黑暗勢力，但結局卻令人印象深刻。作者以詞藻獨特的方式，使得黑色胎記不再只是令人毛骨悚然的象徵，更在結局處帶出對「永恆」的獨特見解。尤其那句「只有當下才是永恆，永恆只在當下擁有」深深打動我，啟發我思考時間和記憶的關聯，以及如何在當下中尋找永恆的價值。

人蔘交易中藥行

徐雅薇

插畫／劉彤渲

作者簡介

一九九五年出生，台師大國文系，台師大教育所畢業，曾獲教育部文藝創作獎散文項、童話項，現職高中國文老師。

童 話 觀

童話對我來說是一個可以天馬行空、揮灑想像的地方。以有情的眼光看待世界，會發現從渺小的微生物，到浩瀚宇宙，處處皆有故事與寓意。希望自己內心的小孩可以繼續好好活著，寫出更多故事。

村子裡近期開了一家特別的中藥行，店門口展示了各式各樣的人蔘酒。這間店沒有名字，但店門口貼有一張紅紙，上面寫著「人蔘交易」，因此大家都稱這間店為「人蔘交易中藥行」。

雖是一間無名的中藥行，但門口經常有長長的排隊人龍，村裡的小朋友特別喜歡到店門口張望，因為在那邊總是能看見各式各樣的人出入，才開幕沒多久，就成為村裡最熱鬧的地方。

這間中藥行生意之所以這麼好，是因為老闆精通行銷手法，聽說老闆是從大城市搬遷回來的人，在生意競爭激烈的都市裡，想要生意興隆必定得有些特別的方法。

中藥行老闆非常神祕，從未在光天化日下出現過，村子裡的人相傳，店鋪裡有一個神祕的小房間，一位神醫在那兒偷偷替人看病，他的醫術甚是高明，即便是病懨懨的人走進去，都能生龍活虎的走出來。

因為白天上前求診的病人實在太多，因此，多數時間中藥行是由另一位年事已高的店員在看管。

在醫事法的規定下，江湖密醫這種行業是不被政府允許的，但村裡的人從未向主管機關檢舉過，只因醫術實在太過高明，凡是有求者，離開之後都能無病無痛。隨著累積的病人越來越多，逐漸打開了中藥行的知名度，也成為村裡不能對外大肆宣傳的祕密。

曉諭從小就生活在這個村落，中藥行剛好座落在她每天前往學校的路途上。她的家離學校需要走上十五分鐘的路程，經過巷口的大榕樹、沿著公園走，附近有一塊廢棄的空地，中藥行就在空地角落，因為店面小小的，招牌也不顯眼，如果不是排隊的人潮溢出店門外，根本不會注意到這邊開了一家店。

這天是學校的便服日，而昨天剛好是聖誕節。每次到了便服日，曉諭總是很煩惱自己要穿什麼去上學，看著其他人都穿著漂漂亮亮的衣服，而自己卻只有那幾套可以輪流穿。班上的同學帶著剛收到的聖誕節禮物到學校，有人收到了最新的遊戲機，有人收到了美麗的芭比娃娃套組，也有人穿著新的品牌運動服到學校。

「這是我爸爸剛買給我的遊戲機，裡面有可以連線對戰的功能，還有最新的遊戲喔！」律明說。

「我跟媽媽要了好久的芭比娃娃套組終於拿到了！媽媽跟爸爸特地拜託玩具代購公司幫我買回台灣的喔！裡面有好幾套特別的服裝，是台灣沒有賣的！」每天打扮得跟小公主一樣漂亮的美美說。

正當大家七嘴八舌談論自己收到的聖誕禮物時，曉諭在旁邊聽著同學們的分享不發一語，腳步越退越後面。

這時，美美好奇的問曉諭：「那曉諭，今年聖誕節你爸爸媽媽買什麼禮物給你？」

曉諭看著自己空空的書包，默默將手伸進黑漆漆的書包裡，拿出了一盒巧克力糖說：「這是阿嬤從雜貨店買給我的巧克力糖，是我的禮物。」

聽完這番話後，大家都笑了，他們說，巧克力糖每天都可以吃，去便利商店買就可以了，算什麼聖誕節禮物？

曉諭覺得心裡不是滋味，看著大家拿出心愛的聖誕節禮物，自己卻什麼也拿不出來，她不禁開始懷疑，爸爸、媽媽、奶奶是不是不夠愛自己，所以才沒送她聖誕節禮物，心裡覺得有些羨慕。

就這樣，聖誕節過完了，曉諭背著沉甸甸的書包回家。路上她經過中藥行，已經下午五點了，門外還擠滿了排隊人潮。

店門口每個人手上都拿著一張單子，看起來是要來領藥的。有的人開大貨車過來，車上載滿了物品，車子停在空地後，人就匆匆忙忙下車排隊。

排隊的人臉色有的一片灰暗、有的面有難色、有的滿面愁容，他們緊握著手上的紙張，依序進入店內後，過了一段時間才走出來。

這時，她看見了同班同學律明，律明牽著爸爸，出現在長長的隊伍裡。曉諭心想：「難道律明也感冒了嗎？他早上看起來還生龍活虎的呀，還是他的爸爸感冒了？」

正當曉諭想上前去跟律明打招呼，詢問他的身體狀況時，奶奶出現了。

「曉諭，放學還不趕快回家，在這邊張望什麼？趕快跟奶奶回家了，別待在這兒。」奶奶拉緊曉諭的手，匆匆帶著她離開中藥行前面。

「可是……可是我還沒問律明身體發生什麼事了耶！」曉諭回答。

「他身體沒事，你不用擔心，跟奶奶回家就對了。」奶奶一臉神情緊張。

曉諭抓抓後腦勺，心裡浮出了一個大大的疑問，奶奶沒有跟律明講過話，早上也沒看過他，怎麼會知道律明身體沒事呢？難不成奶奶也會看面相？

這個大大的疑問沒過多久就沉下去了，回到家後，曉諭雖然沒有追問奶奶原因，卻開始對這間中藥行產生了好奇心，她決定以後每天放學都要繞過去看看。

隔天上課時，老師在班上宣布了要去畢業旅行的消息，他說班上有幾個免費的名額，會由學校資助，有需要的同學，可以去找老師討論。

正當大家開開心心討論著畢業旅行景點時，曉諭看見律明悄悄走到教室前面找老師，像是要討論畢業旅行免費名額的事。

律明家裡是做生意的，一直以來家境都很優渥，怎麼會突然需要申請免費名額呢？

再加上昨天在中藥行前看到律明跟他爸爸排隊，讓曉諭不禁心裡懷疑律明家裡是不是發生了什麼事情，需要大家的幫忙。

放學後，曉諭跟律明一起走回家，不自覺關心起律明的家裡狀況，律明只淡淡說了一句：「那不是一間普通的中藥行。」說完這句話，就面色凝重的離開了。

「不是間普通的中藥行？這話是什麼意思？」為了解開謎團，曉諭決定不顧奶奶昨天的勸告，在天色快要變黑之前，到中藥行附近一探究竟。

這一回，為了聽清楚排隊的人們在說些什麼，曉諭也擠進了長長的隊伍中，跟著人龍一起前進，進入店內後，她躲在旁邊偷聽其他顧客的對話內容。

她發現店裡面根本沒有什麼神醫在幫人看病，只有一個白髮蒼蒼的老婆婆坐在木頭椅上，手上拿

著一個中藥秤。旁邊的透明罐子，裝的不是中藥材，而是各種重量的秤砣，罐子外面貼著不同的標籤：名聲、財富、美貌、地位、健康……

老婆婆用略帶沙啞的聲音詢問男子：

「人蔘交易，交易人生。請問你想要換取的

東西是什麼？」然後便拿起藥秤，置物的秤盤上面空蕩蕩的，還沒放上任何東西。

「我下禮拜要去參加選秀比賽，希望可以得到一個成名的機會。」看起來衣著光鮮亮麗的男人說。

老婆婆隨手從「名聲」的透明罐裡，取出一個秤砣，掛上秤桿的一端，然後說：「請問你準備拿來交換的東西是什麼？」

「我的友情。」男人跟老婆婆這樣說道。

說完以後，男人在一旁低聲說：「反正我這個人不太需要朋友，只要我夠有名，未來想跟我成為朋友的人多的是。」

「如果你確定要交換的話，請拿出一樣可以象徵友情的物品，然後放上秤盤。如果重量相等，就可以完成交易。」老婆婆說。

隨後，男人拿出了一張他和摯友的合照，放上了秤盤。放上去之後，秤桿左搖右晃後，旋即又恢復了平衡。老婆婆露出神祕笑容說：「恭喜，你的願望即將實現。」

男人向老婆婆道謝後，便興高采烈的從後門離開。曉諭繼續靜靜待在旁邊，聽下一位女顧客講話。

「人蔘交易，交易人生。請問你想要交換的東西是什麼？」老婆婆問。

「我想要有一輩子的青春美貌。」看起來濃妝豔抹的女人說。

「請問你準備拿來等價交換的東西是什麼？」老婆婆問，然後一邊拿出上面標記「美貌」的秤砣，掛在秤桿的一端。

「我……好像沒什麼可以交換的東西。」女人跟老婆婆這樣說道。

「那……就用你的健康來換好了。請你用一根頭髮作為代表物。」老婆婆露出一抹神祕的微笑，目光上下打量著女人，那眼神讓曉諭感到十分不舒服。

說完以後，女人在一旁低聲說：「好吧，只要有美貌，他就會愛我了吧！

即便只是短暫的愛都好。」

「如果確定要交換，請將頭髮放上來，願望馬上就可以實現。」老婆婆說。

連續聽了幾個顧客的交易內容，曉諭心裡想起前幾天在店鋪外面看過律明和他爸爸，是不是他們家裡發生了什麼事？所以也到店鋪進行交易。

隔天，她到學校問了律明，律明才把一切事情經過告訴曉諭。原來，他的媽媽生了一場大病，為了讓媽媽身體恢復健康，爸爸用財富跟店鋪進行了一筆交易。

「所以我們家現在不像以前這麼有錢了，但是媽媽的身體的確恢復很快。」律明說。

以前曉諭曾經很羨慕律明和美美，總是想要什麼就能擁有什麼，還經常可以出國、吃大餐，手上拿的是最新型的手機。看著眼前情緒低落的律明，曉諭忽然了解到，或許每件事情的背後都是有代價的，雖然別人可能看起來擁有很多自己沒有的東西，但是他們可能也因此失去了些什麼。

幾天後，曉諭在電視上看到了前幾天在店鋪進行交易的那名男子。短短幾天，他就成為了家喻戶曉的大明星，曉諭上網搜尋了他的名字，發現有一堆相關的新聞報導，介紹他是如何成功一夕竄紅成為大明星。

其中有一篇人物專訪，裡面內容寫著，「雖然我成為了紅遍大街小巷的明星，但是，原本的朋友因為生活圈差太遠，逐漸遠離我，而想認識我的朋友，也不一定是真心的。」

男子雖然成為了有名的大人物，卻也失去了真正的友情。

隔天傍晚走回家時，曉諭再度聽見空地那邊有一陣騷動，似乎是從店鋪那裡傳過來的。

店鋪外圍著一圈一圈黑壓壓的人群，他們舉著告示牌，上面寫著：「撤回交易！還我人生！」的字樣。曉諭站在一旁，遠遠看著他們高舉牌子抗議的樣子。

為了聽清楚人們抗議內容，她走進隊伍裡，聽見人們口中念念有詞，但是每個人都異口同聲吶喊著，希望能夠拿回他們原本等價交換的東西。

外表光鮮亮麗的女子說：「我得到了夢寐以求的美貌，卻只剩下三個月的壽命，這樣有美貌要做什麼呢？」曉諭記得在沒多久前，女子才來交易過，現在卻反悔了。

看起來西裝筆挺、功成名就的中年男子說：「現在我是這個行業裡面最頂尖的人了，但是每天有做不完的工作，已經好久沒有時間回家陪家人了。」曉諭心想，男子大概是用家庭交易了事業。

所有人激烈躁動，也有人載著一卡車的財物，希望能用這些財物跟店鋪交易，把原本的交易換回來。

可是，店員卻從店內搬出一張大大的告示，上面寫著：「本店交易只限一次，成交後，不可取消交易。」他語氣堅定的說：「這些注意事項交易前都有請你們簽過同意書，你們當初既然都同意了，現在就不能反悔。」

曉諭一不小心就被人群越擠越前面，外面排隊的人潮已經亂成一團，她被黑壓壓的人群擠進店內，已經快要到了老婆婆的面前。

這時，老婆婆清了清喉嚨，用略帶沙啞的聲音說：「小妹妹，換你囉！你想要得到的東西是什麼？又想要拿什麼東西交換呢？」

聽到了老婆婆的聲音，曉諭這時才回過神來，發現自己已經被人群推擠到老婆婆面前。

「小妹妹，換你了，如果不交易的話，也要繳交一樣東西當作入場費喔！」老婆婆露出一抹神祕的微笑。

曉諭完全沒注意到，店鋪附近的柱子上貼著，只要入內向老婆婆諮詢就要繳交入場費的規定。難怪上次她在店鋪附近徘徊時，奶奶要她趕快離開，不要久留，也許就是為了這件事情吧！

她心裡開始懊悔自己為什麼不好好聽奶奶的話，所謂「好奇心殺死一隻貓」，如果要拿一個東西當作入場費，她真的拿不出來。

當然，這些話，曉諭都吞進肚子裡了，也不敢說出口。她靜默了數分鐘，端詳著老婆婆詭異的笑臉。心裡想著自己到底應該如何化解這次的危機，才能全身而退。雖然曉諭有很多想要的東西、想完成的目標，她也曾經夢想成為班上的第一名、成為人見人愛的小孩、擁有很多漂亮的衣服……但想到為了得到這些，她可能要失去現在所擁有的美好，便不敢隨意交換。

曉諭思考一會兒後，靈機一動：「我想跟你用現在的時間，換過去的時間。」

老婆婆說：「哦！那你要用多少時間做為交易呢？」

曉諭說：「我想跟你用現在的十分鐘，換過去的十分鐘。」

老婆婆拿出了「時間」的秤砣，再度露出一抹神祕的微笑：「小妹妹，你很聰明。把你的手錶放上來之後，願望馬上就會實現。」

曉諭把戴在手上的手錶放上秤盤，她把唯一一次交易的機會用完了，心裡卻一點也不覺得可惜。

結束了交易，曉諭從後門離開時，經過一條長廊，廊道兩旁陳列許多透明玻璃藥罐，裡面泡的不是人蔘酒，而是每個人拿出來交易的東西，下面貼著不同標籤。

健康、財富、親情、友情、功名、愛情、智慧……

曉諭真心希望這些曾經交易過的人，現在的生活都過得很圓滿，也在交易後，實現了自己理想中的生活。

當她還在尋找著自己的空罐子時，一眨眼，時間倒轉，場景變換。回到了十分鐘前，她遠遠看著大家在空地抗議的時間點。

她心裡鬆了一口氣。

回到家後，她告訴奶奶，眾人在店鋪外面抗議的事情。曉諭告訴奶奶：「我想了很久，心裡雖然有很多想要的東西、想完成的事情，但我還是捨不得交換。我現在擁有的，雖然不是最好的，但每一樣都很珍貴。我白白浪費了一次交易的機會，卻什麼也沒換到，會不會很可惜呀！」

奶奶說：「怎麼會沒換到呢？你換到了一顆無所欲望的心呀！那才是最珍貴的。」

在奶奶的話語中，曉諭似乎明白了些什麼。隔天上學，曉諭再度經過空地，要看看店鋪外面的人是不是還在抗議時，卻發現中藥行已經消失了，就好像一切從未發生過一樣。

本文獲一一二年教育部文藝創作獎童話組佳作

編委的話

・林昀臻

故事以人蔘交易中藥行為場景，巧妙探討了愛慕虛榮的人們被貪念蒙蔽而利慾薰心的一面，描述了物質追求帶來的代價。作者想藉由故事提醒讀者要珍惜當下，不要被虛榮的欲望所迷惑。這樣的敘事方式呈現出深刻的人生哲理，讓讀者領悟到：物質追求並不一定帶來真正的幸福。要懂得珍惜自己當下擁有的每一個小小的幸福。

・林芮妤

作者藉由故事登場人物的選擇和結局，巧妙的揭示了人性中貪欲與失去之間的微妙平衡。故事以人蔘交易中藥行為場景，以輕鬆詼諧的筆法表現出人們在追求欲望時所付出的代價，以及當人們追求物質利益時可能忽略的精神層面。這提醒讀者在作選擇時，一定要謹慎思考後果，避免因為一時的貪念、欲望而付出沉重的代價。

．**游愷濬**

故事中的金句「每件事情的背後都是有代價的」強調每一個選擇都伴隨著代價，呼應了生活中的抉擇和取捨。「每一樣都很珍貴」提醒我在現實生活中，要更珍惜自己擁有的一切，即便它不是最好的。這篇童話特別是小孩子來說，富有啟發性，讓我們謹記不要被外在的物質欲望所迷惑，而忽略了背後的代價。這也提醒我在面對抉擇時，應該謹慎思考，避免事後懊悔。

．**黃詠愛**

閱讀故事人物們透過交換處理不想擁有或者獲得想擁有的東西的過程，讓我思考人們追逐物質時可能忽略了內心真正需要的價值。因為每一次的交換都會帶來新的得失，揭示了人性的復雜心理。也讓我想到，珍惜當下所擁有的，可能是人生最重要的智慧。不然哪一天當你擁有的東西不見了，再後悔也來不及了。

卷三

發現幸福心樂園

交換媽媽

周姚萍

插畫／李月玲

作者簡介

兒童文學創作者及譯者。著有《收集笑臉的朵朵》、《大巨人普普的冒險》、《魔法豬鼻子》等書。作品曾獲金鼎獎推薦獎 、聯合報讀書人最佳童書獎、幼獅青少年文學獎、九歌年度童話獎、好書大家讀年度好書等獎項。

童 話 觀

以誇張奇趣的手法，將眞實世界加以變形，卻更突顯出眞實世界的種種，這就是童話。

我的同班同學小波有位機器人媽媽，大家都非常羨慕他。

機器人媽媽能變身成行動廚房；她的身體上方有個食材儲存庫，選定菜單後，調配好且壓縮儲存的食材，會落到中層萬用爐，快速烹飪完成，然後伸出伸縮餐桌，機器手臂再從下方餐櫥拿出餐具布置，因此即使在戶外，小波也能開心用餐。

機器人媽媽還會陪小波做功課、準備考試。每當小波遇到不會的問題，她更是最有耐心的家教，一次次解說都不厭煩。

更棒的是，她身上配備兩台平板電腦，除了供查詢資料和解說難題外，還能用來和小波一起大玩電動遊戲。

說到好玩的，小波的機器人媽媽會說故事、跳舞、翻跟斗，還擅長各種運動，不管籃球、足球、棒球、羽球，只要小波想學，她都有辦法教，並陪他練習到很厲害的程度。

最重要的是，機器人媽媽從不嘮叨，從不罵人。

這樣的媽媽誰都想要，如果能跟小波交換媽媽，那該多棒，但小波怎麼可能說好？

就在剛剛，我媽媽被廚房垃圾桶裡竄出來的蟑螂嚇到，還跳上桌子拚命尖叫，得靠我去追打，要是小波的機器人媽媽，一定一掌或一腳就解決掉。

第二天，我在上學途中遇到小波，跟他說起蟑螂事件，也透露出羨慕。「我媽真的很膽小，怕蟑螂、怕黑、怕水，連去電影院看電影，都要我緊緊握住她的手，去海邊就算只是踏浪而已，也要我陪在旁邊，如果是你媽媽一定……」

小波聽著，沒說什麼，臉上也沒什麼表情，我以為他不喜歡聽抱怨，趕快打住。

就在我覺得兩個人都不說話很尷尬時，他竟然開口問：「那你要不要跟我交換媽媽？」

什麼？有這麼好的事？太棒了，當然要，我超想有個萬能的完美媽媽，只是，我媽媽會答應嗎？

「先交換一天就好，當作母親節的驚喜禮物，怎麼樣？」小波腦筋動得很快，「說不定你媽媽也覺得很棒，這樣之後就可以常常交換。」

真是好主意！我和小波討論好，母親節當天，他會請機器人媽媽帶他到我家，由我將他「送」給媽媽後，我再跟著機器人媽媽離開。

我精心設計了卡片，一打開就像兌換券的模樣，上頭大大的字寫著：「甜心兒子兌換券一張，母親節專用，僅限一天。」下方又用小字介紹小波，重點在形容他是個甜心小孩。我媽常說一女一男恰恰好，總抱怨著沒再生一個男孩，在母親節這天讓小波這個甜心男孩出現，她應該很高興。

媽媽真的很高興，更驚訝極了，因為看到我常說起的機器人媽媽，小波還帶來材料和用具，說要做巧克力、草莓香草、柳橙香草三種口味的冰淇淋；我媽媽最愛吃冰淇淋了。

就連爸爸都忍不住說：「真希望父親節，我也能收到這麼驚喜的禮物。」

「好啦，好啦，等父親節，我也會為你準備驚喜禮物。」我拍拍爸爸的肩膀，跟大家說再見後，滿懷期待跟著機器人媽媽走了。

機器人媽媽說話聲音很溫柔，她問我想回家，還是想去哪裡。「去河濱公園！」我立刻說。

一到公園，許多小孩很快圍過來羨慕看著，我忍不住得意起來。

「來河濱公園想玩什麼呢？」機器人媽媽又溫柔的問。

玩什麼好呢？我很想試試小波描述過的運動，又正好看到旁邊有人拿著一顆籃球。

「可以玩投籃嗎？」我問。

「當然可以。」機器人媽媽笑著說，接著一陣機器聲響起，她的頭部就變形成籃板和籃框，脖子還能上升或下降調整高度，真的好酷！

借來籃球後，我邀請其他小孩一起玩，更變化出「挑戰遊戲」：分成兩組，請機器人媽媽漸漸調升高度，看哪組組員投籃成功的次數最多就算贏，真是太有趣了。

我們又玩了許多遊戲，非常過癮，肚子也開始餓得發出咕嚕咕嚕聲，但不用擔心，機器人媽媽是個行動廚房，只需一下子，就烘烤出香噴噴的餅乾，還是獎盃造型。她更稱讚大家說：「表現得真好，太棒了。」

我請所有人一起吃餅乾，每個小孩都很開心，他們的爸媽也是。

時間漸漸晚了，可能因為要去慶祝母親節，人們漸漸離開，河濱公園漸漸變得冷清。「累了吧？」機器人媽媽經過變身，成為一張座椅，讓我坐下來休息。

不過，儘管機器人媽媽這麼貼心，變身成的椅子又很舒服，坐起來卻冷冰冰的。我想起小波，腦中更冒出小波做冰淇淋，媽媽在一旁讚賞的模樣，並突然擔心起來。

媽媽是不是很喜歡小波呢？腦中不知不覺又浮現小波、媽媽一起分享各種口味冰淇淋的影像，一旁的爸爸也喜孜孜的，我也因此愈來愈擔心。而且，當我站起來面對機器人媽媽看著她，覺得她雖然還是很酷，卻不太像「媽媽」。

「要回家了嗎？」機器人媽媽問。我點點頭，心裡想的是自己的家，不過，她帶我回去的是小波的家。

那兒很大，卻有點冷清，機器人媽媽在廚房很快煮好一頓大餐，但只有我一個人吃，非常孤單。後來，我將一張以機器人媽媽為造型的立體卡片送給她，並問道：「你喜歡嗎？」她笑笑的回答：「很棒。」除了這樣，沒有其他。

那天，我回到自己的家，立刻撲到媽媽身上很用力的抱住，嚇了她一跳。

第二天，小波拉著我說：「下次再來交換媽媽吧！」

我立刻搖搖頭，他露出失望的表情，很小聲的說：「我的媽媽不在了，爸爸又很忙，所以幫我訂製機器人媽媽。她很萬能，完全沒有需要我的時候，那天，我聽你說，你的媽媽遇到蟑螂時需要你，看電影時需要你，到海邊時需要你，我好羨慕，所以很想跟你交換媽媽。昨天，我非常期待的蟑螂沒出現，練了半天的打蟑螂功夫用不上，不過，她很喜歡冰淇淋，還很謝謝我讓她知道做冰淇淋這麼簡單，又說她不是很會做甜點，不知道會不會失敗，但是很想做給你吃，好羨慕你喔……」小波說著，露出寂寞的表情，讓我想起他很大卻有點冷清的家。

我還想起一早的慘事：蟑螂又現身，在我追打下跑進房間，鑽進床底下！

「小波，你苦練的功夫絕對有用武之地，請你常來我家幫我媽打蟑螂，好嗎？下次我媽要看恐怖電影，也拜託你陪她去，她又怕又愛看，偏偏我和我爸都超討厭恐怖電影。還有，你會游泳吧？」

小波點點頭。

「那就請你教我媽游泳，她超怕水又覺得應該要學會，但不管我怎麼教都失敗。」

小波聽了露出笑容。

「對了，昨天我沒空跟你的萬能媽媽打電動，應該超好玩吧？」我接著問。

「非常、非常好玩，你下次來玩，我們還可以請她說笑話、講對口相聲……」小波帶著大大的笑容，滔滔不絕說起更多機器人媽媽的本事……

——原載二〇二三年五月十二～十三日《國語日報・故事版》

編委的話

・林昀臻

作者透過「我」的視角，敘述媽媽跟機器人媽媽交換後產生的種種想法，生動地呈現了科技發展對於親子關係的影響。機器人媽媽雖然冷冰冰的完美，但卻缺乏真摯的情感，這使得讀者深感主角內心的孤寂和對真實媽媽的渴望。作者巧妙的運用童話形式，以幽默詼諧的筆法讓我反思科技發展背後可能隱藏的問題，同時也讓人更珍惜家人間的情感和人性的價值。

・林芮妤

故事巧妙的通過機器人媽媽和真實媽媽之間的對比，探討了科技發展對家庭和人性的影響。雖然機器人媽媽可以完成各種任務，但卻缺乏真實感情，與真人媽媽形成鮮明對比。這讓我意識到，即使科技再先進，也難以取代人類母親那溫暖、感情豐沛的存在；也讓我更加重視家人之間的情感交流，並珍惜人性化的情感連結。

．游愷濬

故事中小波透露的「機器人媽媽很萬能，完全沒有需要我的時候」的心聲深深觸動了我，突顯了孩童被父母需要的渴望。這種被需要的感覺，無論在學校、在家裡，都是一種珍貴的情感，讓我感受到溫馨與成就感。也讓我想到自己的媽媽雖然不是萬能的機器人，對家人卻是無私奉獻的存在。因為即便是充滿各種功能的機器媽媽，也無法與家族成員建立真實的感情啊。

．黃詠愛

這篇故事描述機器人媽媽帶來的便利和冷漠，讓我深刻體會到科技的進步可能帶來的人性缺失。機器人媽媽雖然充滿功能，但缺少真摯的情感和人性溫暖，這使得小波在機器人媽媽身上找不到真正的歸屬感。這讓我意識到，家庭中的真摯情感和人情味是無法被機器人所替代的；也讓我更加珍惜現有的家庭關係，並思考科技進步對於人性的影響。

史萊姆稱霸遊戲世界

李柏宗

插畫／吳嘉鴻

作者簡介

小鎮教師，喜歡故事。

童 話 觀

像古時的寓言一般，我希望在孩子們足夠理解的純真故事中，能寄寓一些對這世界溫暖的想像。也盼望看見故事的大人，可以在心中留一方童話世界給自己。

1. 史萊姆稱霸遊戲世界的第一百天

史萊姆7號就站在遊戲的新手村門口。新手村入口外有一棵大樹，史萊姆7號就站在樹下。有片樹葉剛好在史萊姆7號抬頭望的時候落下，奇怪的是，樹葉飄到一半時會停在空中，彷彿要倒退回到枝頭上，但下一刻卻又落下了。其實不只樹葉，連山坡上滾動的石子都會很不自然的在某處前後轉動幾下，才又想起什麼似的繼續滾下山坡。

史萊姆7號用可愛天真的臉龐往新手村裡頭看，村裡有無數玩家也向外看，而玩家們目光全部集中在史萊姆7號手上的勇者之劍——一隻新手村外的史萊姆小怪，竟然拿著打敗遊戲最後大魔王才能掉落的道具。

史萊姆7號發現玩家們都看著手上的勇者之劍後，往天上一揮！一片剛剛經過的白雲竟然就被砍成兩半！新手村裡頭的玩家們一陣驚呼，他們裡頭有些人昨天才親眼看見火龍親自跑到新手村來要把占住路口的史萊姆趕走，卻被史萊姆打敗。

我的天，這可是等級九十九滿等的玩家都要組隊才能打敗的最後大魔王啊！

就是這隻莫名其妙強的史萊姆，竟然稱霸了遊戲世界整整一百天，從一百天前開始就擋在新手村門口不讓任何玩家出去。偏偏新手玩家要打敗怪物才能獲得經驗值升等，連新手村外的第一隻怪物都打不贏，這些越來越多的新手玩家，竟就這麼被困在新手村裡出不去。到了第一百天，新手村裡的玩家甚至已經擁擠到整個遊戲都出現延遲的狀況。

「史萊姆你再擋著我們，我們就要退出遊戲了喔！」因為覺得不好玩而揚言要退出不再玩這款遊戲的聲音此起彼落。打不贏這隻史萊姆，他們只好用這種方式威脅史萊姆7號，畢竟少了他們這些遊戲玩家，哪怕史萊姆7號再強也會失業。

如果某一天遊戲玩家一個都沒有了，這個遊戲也一定不會存在了吧。

真的嗎？這款名叫〈打敗火龍〉的遊戲從創立開始就備受孩子們的喜愛，到現在已經在孩子間流行好多年了，可以說簡直全國的小孩子們都在玩這款遊戲，每個小孩子都會以打敗最後的大魔王「火龍」為傲，為了盡快打敗火龍，很多小孩子可以一整晚不睡覺；就算白天陪爸爸媽媽出去玩，腦袋裡想的也都是要打倒火龍，不斷催促爸爸媽媽趕快回家，這樣才可以登入遊戲。

但現在幾乎所有新手玩家都被這隻超強的史萊姆硬生生擋在新手村裡？

「我們真的真的……要退出遊戲了喔？」

史萊姆7號稱霸遊戲世界的這一百天裡，為了讓遊戲可以正常進行，甚至以前的資深玩家都從最後關卡的火山區跑回來要把史萊姆7號從新手村趕走，這些資深玩家都是等級九十九，身上都有最高級的裝備，卻都敗在了史萊姆7號的手下。當這些資深玩家因為打輸而掉落的裝備，被史萊姆7號吞進肚子裡消化時，他們就再也不敢挑戰史萊姆7號了，畢竟每一件裝備，都是他們每天辛苦打怪花了無數時間得來的。他們寧願在火山區組隊挑戰最後大魔王火龍，也不願意再挑戰史萊姆7號了。

只有一位叫做「阿樂」的玩家例外。

阿樂覺得遊戲就是要大家一起玩才好玩，他是同齡的夥伴裡花最多時間玩遊戲、最先挑戰火龍成功的！大家都把他當作英雄。阿樂也喜歡帶著朋友們一起玩這款遊戲，帶著朋友們從新手村外的史萊姆開始挑戰，一直升級，最後一起挑戰火龍——當史萊姆7號把所有新手玩家擋在新手村裡，阿樂發現他就無法成為朋友中的那個英雄了。

所以阿樂不停不停的挑戰史萊姆7號！

「如果我們所有人都不玩遊戲，那樣的話遊戲真的會消失喔！」

就在玩家們越來越沮喪的喊聲裡，阿樂帶著他最新一次打敗火龍後得到的勇者之劍出現在新手村外，準備再一次挑戰史萊姆7號。

「我的朋友們都不玩這款遊戲了，因為你！」阿樂穿著最好的勇者裝備對著眼前的史萊姆說。卻不知道為什麼，阿樂覺得眼前的史萊姆在聽到他的怒吼之後卻顯得更開心了。

「咕嚕。」史萊姆7號笑著說他唯一的語言，像果凍一般的身體快速移動著，一下子就打掉了阿樂手上的勇者之劍。

「我是這個遊戲最厲害的玩家了！」阿樂生氣的說。

「咕嚕。」史萊姆7號純真的笑著，把手上的勇者之劍丟給了沒有武器的阿樂。

「連我也不玩這個遊戲的話！這個遊戲就沒人要玩了！」阿樂撿過史萊姆7號丟過來的勇者之劍，朝史萊姆7號揮去的時候，卻被對方像果凍般Q彈，卻又無比堅韌的肚子給彈開。

「咕嚕。」史萊姆7號拍了拍肚子，可愛的臉龐呵呵笑著。

阿樂回頭望向身後的新手村，圍觀的新手玩家們越來越少：當他們看到最強玩家的阿樂都打不贏眼前這隻超強的史萊姆時，都紛紛登出遊戲。想來他們之中的大部分人，都不會想再玩〈打敗火龍〉了。這之中又有一些人，很可能連任何遊戲都不想再玩了。

當阿樂再轉頭，眼前的史萊姆7號卻彷彿絲毫不在意玩家們的離開。

「咕嚕。」史萊姆7號拍了拍肚子，可愛的臉龐呵呵笑著。

2. 史萊姆稱霸遊戲世界的那一天

「阿樂，等等要跟我們一起去看爺爺嗎？」廚房那頭傳來阿樂媽媽親和的聲音，邀請阿樂和爸爸媽媽一同去探望住在山上的爺爺。

「不了，我身體不舒服。」阿樂躺在被窩裡，病懨懨的回著。

但其實阿樂早就準備好了。

等爸爸媽媽一離開就要登入〈打敗火龍〉的遊戲，他的朋友們已經早早在遊戲世界裡等他了。今天聽說有一隻史萊姆從早上就一直擋在新手村前，把所有玩家都打敗了，他好幾個新手玩家的朋友連新手村都出不去。

「阿樂，只能靠你了！」

阿樂很享受被朋友們當作英雄的感覺。雖然在學校裡功課不好，運動也普普通通，但只要到了遊戲裡，他就是能打敗火龍的最強玩家，是朋友們眼中最最厲害的那個英雄。

不知不覺，比起爺爺在的山上，阿樂更喜歡登入遊戲去到火龍在的火山區。

「阿樂，等晚點如果比較好了，要記得完成暑假作業喔！」出門前，媽媽不忘提醒阿樂學校還有暑假作業：爸爸、媽媽的肖像畫。媽媽一直很期待阿樂會把自己畫成什麼樣子。

而阿樂腦袋裡已經都是火龍了。

甚至把媽媽的臉也想成了火龍的樣子，火龍穿著圍裙、留一頭微捲長髮。對阿樂來說整天不想他玩遊戲的媽媽就跟火龍一樣可怕，碎碎念就跟火龍吐出的火焰一樣，總是讓他心情不好，偶爾會讓他受傷。

「好好好！我已經想好要把你和爸爸畫成什麼樣子了！」最後爸爸媽媽把門關上時，阿樂才一邊回話，一邊竊笑。要是媽媽知道阿樂即將把她跟爸爸都畫成火龍，一定會皺眉頭不想說話，這樣阿樂就可以安靜一陣子了。

【英雄阿樂已登入。】

【英雄阿樂前往新手村。】

【英雄阿樂已遭遇史萊姆7號】

這天是阿樂第一次遇見史萊姆7號。或許很久很久以前，在那些被還是新手阿樂打敗的無數史萊姆裡，史萊姆7號也曾經是其中的一個吧？但現在史萊姆7號變強了，阿樂也變強了，現在的阿樂是〈打敗火龍〉這款遊戲的最強玩家。

史萊姆7號跟其他的史萊姆看起來明明一樣，都是果凍般的身體，可愛的臉。卻把除了他的所有玩家都打敗，把新手玩家都關在了新手村？

「咕嚕。」彷彿猜到阿樂的想法，史萊姆7號用力將他的果凍身體擠出腹肌，想要證明他很努力的鍛練過，這個樣子反而讓史萊姆7號看起來更萌、更可愛了。

「阿樂加油！」

「阿樂你就是我們的英雄！」……

就是這個了，身後那些被關在新手村的玩家對阿樂的呼喊，讓阿樂覺得自己所向無敵。

「咕嚕。」史萊姆天真可愛的笑著，好像在說「來吧！來吧！」

那天，是阿樂這個最強玩家向史萊姆7號第一次揮出勇者之劍。

那天，是史萊姆7號被玩家們認為稱霸遊戲世界的第一天。

玩家們都說，如果玩家們再出不去新手村，不久後就沒人要玩這款遊戲了，〈打敗火龍〉這款遊戲就會消失了。

最後，只剩下阿樂還在挑戰。到他最後一個朋友放棄玩〈打敗火龍〉之前，他都要拚命打敗史萊姆7號，之後再把因為史萊姆7號而不玩遊戲的人一個個找回來。

「阿樂，如果你這次也輸了。我就不玩〈打敗火龍〉了！」阿樂最後一個遊戲裡的朋友，在史萊姆7號稱霸遊戲世界的第一百天對他說。

「那我們就不是朋友了嗎？」

「還是啊！明明就不只一起打遊戲才是朋友！我們可以一起打球、一起討論功課……對了！你上次把媽媽畫成火龍的樣子大家都哈哈大笑，這次的作業又是畫爸爸媽媽，那阿樂你這次要把你媽媽畫成什麼？」

阿樂沉默了，他現在腦袋裡都是那隻史萊姆7號，說不定他會把媽媽畫成史萊姆吧？

【英雄阿樂已登入。】

【英雄阿樂前往新手村。】

【英雄阿樂已遭遇史萊姆7號】

「咕嚕。」史萊姆7號呵呵笑著，手上拿著昨天打敗火龍得到的勇者之劍。

阿樂想著，這次如果再被打敗，就去找朋友打一場球好了。或者叫媽媽載他去看爺爺，爺爺一定會很開心的吧？

【英雄阿樂已登出。】

3. 史萊姆稱霸遊戲世界的前一百天

大家都叫他史萊姆7號。新手村門口有一棵大樹，大樹之外就是一片遼闊的草原，那裡有數千隻史萊姆，史萊姆7號因為距離新手村較近，是玩家們離開新手村後會遇到的第七個史萊姆，所以其他史萊姆們都叫他7號。

「7號，等等下班以後，我們去海濱區玩水吧？如果海龍獸大哥也下班了，說不定還會載我們出去聚餐。」

史萊姆7號看了看時間，他只要再被兩個新手玩家打敗，今天就可以先下班了：「走啊！」他答應著，雖然在玩家們面前他們只能「咕嚕」「咕嚕」的說話，但私底下他們下班後都會聊聊今天又遇到了什麼有趣的玩家。

果然才一下子，史萊姆7號就被打敗了。他現在只要再被一個玩家打敗，就可以換班了。

【阿樂媽媽已遭遇史萊姆7號】

被玩家打敗是很簡單的事。史萊姆的攻擊力很低，史萊姆7號要做的就是「咕嚕」一下，再假裝被打倒就好了。

但史萊姆7號今天的最後一個顧客卻怎麼都打不到他。

「咕嚕。」（欸欸！我明明就移動得很慢。你再認真一點！）

「原來兒子都在玩這種遊戲？」

「咕嚕。」（欸欸！快去叫兒子教你玩啊，我要下班了耶！）
「為什麼這遊戲要欺負這麼可愛的怪物呢？」
「咕嚕。」（你……說我很可愛？）
「那阿樂為什麼把我畫成可怕的骷髏頭？」
「咕嚕。」（阿樂是誰？骷髏頭是指死靈法師吧？）
「神啊！如果這世界有神明的話，可不可以誰來幫幫我家阿樂，讓他不要再沉迷遊戲了……」
「咕嚕。」史萊姆7號正想抱怨自己想要下班的時候，阿樂媽媽就登出了。
是啊，晚餐時間，人類的媽媽都要替家人做晚餐的吧？

【阿樂媽媽已遭遇史萊姆7號】

但隔天，玩家「阿樂媽媽」又來了。

這次阿樂媽媽不向史萊姆7號揮劍了，她開始跟史萊姆7號說自己的兒子阿樂小時候有多可愛，家人們都把他當成寶貝。

【阿樂媽媽已遭遇史萊姆7號】

阿樂媽媽第九十九次來找史萊姆7號，是哭著說阿樂最近都不讀書了，明明爺爺的身體很不好，阿樂卻也不願意花點時間去看看爺爺。自己只能偷偷來玩〈打敗火龍〉，想知道兒子到底為什麼會想玩這個遊戲，卻連一隻史萊姆都打不過，只能向著明明應該是怪物的吐苦水。

「我希望阿樂可以快快樂樂的長大，在籃球場，在學校教室，在我們的懷抱中。遊戲裡的阿樂雖然快樂，但我們都沒辦法分享這份快樂了……」

「咕嚕。」（不要難過，你是個好媽媽！）

不知不覺中，史萊姆7號已經不那麼急著下班了，他會靜靜的聽阿樂媽媽分享孩子的事。史萊姆7號遊戲裡的同事們也是，像今天他和阿樂媽媽身後的大石頭，其實就躲著海龍大哥跟火龍大哥。前幾天獅子獸聽完阿樂媽媽的故事之後還生氣的走了，說如果在遊戲裡遇到阿樂，一定要好好教訓他，讓他再也不敢玩這個遊戲，好好回家陪爸媽！

「我好像知道這個阿樂是誰……」阿樂媽媽下線後，火龍大哥低頭沉思，「他是最近打敗我最多次的玩家。」

「那怎麼辦？」除了史萊姆7號之外，還有好多他遊戲裡的同事都苦惱著，如果連火龍大哥都沒辦法把阿樂從遊戲裡趕走，那還有誰可以？

「那就你來吧！」

說著，火龍大哥把力量送給了史萊姆7號，這樣史萊姆7號就可以擁有堅韌的皮膚了。「說不定哪一天，我會特地去假裝輸給你，順便送給你勇者之劍來玩玩。」

「交給你了！一定要把阿樂從遊戲裡趕走喔！」閃電鳥說著，把力量送給了史萊姆7號，這樣史萊姆7號就會有無人能比的速度了。

「交給你了！」「交給你了！」「交給你了！」「交給你了！」「交給你了！」……史萊姆7號一下子得到了好多好多人的力量！

「就去新手村門口那棵大樹下，把新手們都擋著不讓他們出來。如果遊戲沒辦法有新的玩家，遊戲就沒辦法進行下去，阿樂也會沒辦法玩遊戲的。」最有智慧的靈龜長老指著新手村的門口說。

史萊姆7號想起阿樂媽媽的眼淚，帶著遊戲裡大家的力量走到了新手村門口的大樹下。從這一刻開始，他要打敗每一個玩家！

那時候的史萊姆7號沒有想到，他馬上會成為第一隻稱霸遊戲世界的史萊姆，甚至還打敗了那個自信滿滿的阿樂。

史萊姆7號沒有想到，在他稱霸遊戲世界的第一百天後，他會再一次看見阿樂媽媽登入，躲在遠處向自己鞠躬道謝。

史萊姆7號稱霸遊戲世界的一百天後，〈打敗火龍〉的玩家幾乎都登出了。

【英雄阿樂已登出。】

「咕嚕。」史萊姆7號呵呵笑著，轉身離開新手村。

這次，史萊姆7號是真的要下班了。同事們可都還等著他去海邊玩呢！

本文獲一一二年教育部文藝創作獎童話組佳作

編委的話

・林昀臻

這篇故事巧妙的顛覆了史萊姆在遊戲中的一貫形象，將史萊姆7號打造成霸主的角色。作者通過巧妙的筆法，使這個看似單純的遊戲世界充滿了奇幻和趣味。阿樂媽媽的角色讓整個故事更加豐富，她的擔憂和努力彰顯了家庭的重要性。故事結局以史萊姆7號下班收尾，出其不意，讓我留下深刻印象，也讓我重新思考遊戲和現實生活之間的連結。

・林芮妤

故事以一隻普通的史萊姆7號為主角，透過它在遊戲中的冒險經歷，呈現出家庭與遊戲之間的情感交織。作者透過這樣的敘事方式，細膩的描繪了阿樂媽媽對於兒子沉迷遊戲的擔憂。結局出其不意令人驚豔，史萊姆7號竟然以特殊的方式成功「下班」，這樣的情節在童話中相當獨特，深刻表達了家長的關心和無奈，使讀者在笑聲中反思遊戲對家庭關係的影響。

・**游愷濬**

故事透過設定反轉，讓最弱小的史萊姆7號成為遊戲世界的霸主，引起了極大的好奇心。作者以戲劇性的方式呈現了玩家和史萊姆之間的對決，讓讀者像親身參與一場激烈的遊戲對戰。故事結局的轉折更是出人意料，通過角色的轉變，暗示了適度玩遊戲的重要性，同時呼籲讀者要平衡現實與虛擬世界。

・**黃詠愛**

史萊姆7號在故事中展現出非凡的勇氣和機智，成為遊戲中的英雄。這個角色轉變和互動帶出了生活中的真摯感情，使故事更加貼近讀者的生活體驗。故事中的家庭元素則增添了感性的色彩，阿樂媽媽的擔憂和努力讓我有種溫馨的感覺。這讓我深刻體會到，遊戲世界中的小冒險也可能是家庭中的大感動。

力量最強的

鄭丞鈞

插畫／吳嘉鴻

作者簡介

台東師院兒童文學研究所碩士，作品曾獲九歌現代少兒文學獎、國語日報牧笛獎等獎項。因為從小就喜歡看故事書，長大後開始學著如何寫故事，一九九六年童話作品第一次得獎後（第十屆台灣省兒童文學創作獎），就創作至今。

童 話 觀

童話是很天馬行空的故事，只是不知是個性、年紀還是人生經歷，讓我的故事越來越接近地面；還有，我很喜歡寫兒童故事，也很希望小朋友能喜歡看我寫的故事，會一直持續創作下去，努力寫出自己及小朋友喜歡看的故事。

住在山腳下的小巫師阿德除了努力學習法術外，還很喜歡將魔法與科技結合。經過一年多的研究，阿德終於發明出法力偵測器——這個巴掌大的偵測器上有紅的、綠的LED燈，有長的、短的向外伸展的探針，還有大大小小、奇奇怪怪的按鈕，最重要的是，偵測器上方的螢幕有數位化指針以及數值，可以偵測出法力有多強。

「唏哩嘩啦——變！」阿德對著自家的小白狗說聲咒語，小白當場變成一隻「小黑」。

阿德原本要將小白變成「小花」的，只是阿德法力太低，想要的花色又太多，結果小白莫名其妙成了一隻像被潑了黑色墨汁的「小黑」。

「嘻嘻嘻……」阿德嘻皮笑臉的對著苦著臉的小白說：「還好沒有把你變成一隻貓咪。」

小白成了什麼樣子還不是最重要的，最要緊的是螢幕現出現的法力值——

阿德低頭一看，指針位在最左邊，是最低階的，數值還是個位數。

「果然沒錯！」阿德喜孜孜的說：「我的法力就是這麼弱！」

然後他就急著出門去測試大家的法力。

「媽，我出去一下，晚餐時回來。」阿德跟媽媽打聲招呼。

等不及媽媽的回應，心急的阿德就衝到外頭，因為他想先去找他的師父大法師。

大法師住在半山腰，阿德三步併兩步往山裡衝，雖然還沒學會「騰雲術」，但現在靠著兩腿飛奔，阿德的速度一點都不輸給施法的人。

「師父，你的法力厲不厲害？」見到師父，喘氣連連的阿德劈頭就問。

大法師年紀已經很大，頭髮和鬍子都全白了，他的法力高深，如同他的歲數一樣，沒人摸得清。

「人外有人，天外有天，我也不清楚自己的能耐。」大法師說：「我倒想知道你現在厲不厲害？我規定的功課你每天都有做嗎？」

「唉呀，師父，你看這東西。」阿德趕緊轉移話題：「這是我花了好多心力研發出的『法力偵測器』，可以知道一個人的法力有多強喲！師父，你來測測看吧。」

大法師搖搖頭，淡定的神情如同山谷裡的深淵、夜裡的星空那般深不可測。只是阿德聒噪的聲音把那深不可測的靜謐打亂了。

「來嘛！你施法看看嘛！」阿德不斷勸說。

拗不過阿德，大法師的右手食指對著天空輕輕一彈，一朵白雲立刻從東邊被趕到西邊。

「哇！師父——」阿德驚呼連連，他抓著法力偵測器，對著大法師狂呼：「你的法力果然是最高段的！」

「是不是最高段並不重要。」大法師看向阿德說：「自己有沒有進步最重要！嗯，你今天的功課到底做了沒？」

「我晚點再練習。」阿德頑皮的說：「我先去測試我的機器。」

大法師笑了笑，他讓這位年紀最小，喜愛跟著科技潮流走的小徒弟先玩個盡興，他深知有些事要親身經歷後才能深刻體會。

阿德從山路往下走，途中遇到了狐仙。

「狐仙、狐仙，你可以施展一下你的法力嗎？」阿德很認真的推廣他的機器：「這是我研發出的法力偵測器，可以測出你的法力有多強喲。」

「那是什麼東西呀？」狐仙說：「還是先吃一顆糖好了——來，你自己選。」

狐仙從袋子裡抓出一把有各色包裝，看起來鮮豔可口的軟糖，阿德吞了吞口水，他想拿一顆紅豔豔的草莓軟糖，但突然心中警戒，他低頭一看偵測器，果然指針在那裡跳動著。

「這些糖果都是假的吧？」阿德用力說：「是不是你剛變出來的？」

「你怎麼知道？」狐仙笑呵呵的說：「我哪裡露出馬腳了？」

「你沒有露出破綻。」阿德佩服的說：「是我的偵測器偵測到你的法力值了。」

「那我是不是法力最強的？」狐仙把手上的糖果仍在地上，阿德一看，糖果現出原形，全是一顆顆的小石子，鮮豔的包裝則是各色的樹葉。

「你的確很強。」阿德小心翼翼的說：「等我找多一點人測試之後，再跟你說。」

阿德雖然說得很謹慎，但法力偵測器能測出法力值的消息，很快就傳出去，往回走的路上，阿德被一隻山妖攔住。

全身漆黑，面目猙獰的山妖對阿德說：「我的法力是最強的，不信你看！」

山妖召喚一團迷霧過來，把整座山籠罩住，不僅讓人伸手不見五指，又冷又溼的濃霧還讓阿德直打哆嗦。

「快看，我法力是不是最強的？」山妖大聲問。

阿德趕緊將偵測器貼近自己鼻頭，還沒看清，就聽到心急的山妖說：「如果覺得不滿意，我還有別招。」

說完，山妖雙手用力一揮，濃霧立刻退散，他施法念咒，緊著接而來的，是熱不可當的高溫，阿德立刻汗如雨下，因為山妖引來的是地獄之火，整片森林紅通通，就像發生山林大火一樣，阿德覺得好像置身在媽媽的炒菜鍋中，一道一道的熱浪就像媽媽用力鏟下的鍋鏟，阿德在滾燙的鐵鍋裡滾動，感覺就快被炒熟了！

「怎麼樣？」山妖對阿德說：「我才是最強的吧！」

阿德只能趕緊用力點頭。

「誰要你點頭！」山妖罵他：「還不趕緊看看偵測器，我的數值一定是最高的！」

只是阿德還來不及低頭，一陣涼意馬上將熱浪驅走。

原來是一身白色裝扮的精靈來了。

「阿德，我才是最強的。」精靈一說，一陣舒適的涼風吹來，心情輕鬆起來的阿德好像躺在軟綿綿的床上。

「哇，好舒服……」阿德輕輕的說。

「沒錯。」精靈用他銀鈴般輕脆的聲音回應著：「寒冷的冬天已經過了，炎熱的夏天還沒來，現在是大家最喜歡的春天，我又讓春天降臨大地。」

森林繁花盛開，紅的、白的、黃的，各色的花朵在樹梢，在地上盛開，蝴蝶上下飛舞，鳥兒高聲歡唱，正是一片春意盎然的好景象。

阿德正想讚嘆，忽然背後傳來吵雜的聲響——有人在呼喚他，而且還不只一聲，阿德轉頭一看，差點嚇昏，原來是各方的妖魔鬼怪都來了。

「阿德，聽說你有法力偵測器，快幫我測一下！」

「阿德，不用測他，因為我比他還強！」

「阿德，我更需要你，因為我才是天下第一！」

……

他們大聲嚷嚷，還彼此爭鬧，看誰的力量最強，有的等不及，就開始鬥法——有時前方繽紛一片，像歡樂的遊樂園，有時卻又山崩地裂、天搖地動，像世界末日要來了一般。

這、這該怎麼收拾？萬一這個測完，另一個不滿意，那個測完，另一個又不服氣，那不是沒完沒了？

正苦惱著，口袋裡的手機突然鈴聲大作，阿德趕緊拿起手機——是媽媽打來的，只是現場太吵，會聽不到媽媽在說什麼！

「是我媽媽打來的，請大家安靜一下！」阿德卯足全力大喊，還用他薄弱的法力傳送出去，說了好幾次，才讓所有人安靜下來。

為了聽清楚媽媽在說什麼，阿德將手機轉換成擴音。

「阿德別玩過頭，該回家吃晚餐了。」電話裡的媽媽關心的說。

然後，阿德手上的法力偵測器開始「嗶嗶」作響，指針不斷往右邊狂跳，數值也不斷翻高。

一旁的山妖驚呼：「哇，誰的法力讓指針超標？」

沒錯，偵測器上的指針已指向力量最強的右邊，甚至還越過邊線。

大家全圍了過來看，偵測器像承受不住似的開始抖動、冒煙，最後「碰」的一聲，機器上的螢幕黯淡下來，沒有燈、沒有數值，寂靜一片，像是死了一般。

「它報銷了。」阿德跟大家解釋。

「什麼報銷了？」手機裡的媽媽大呼：「有沒有要緊呀？」

「沒事的，是我的法力偵測器報銷了。」阿德忘了媽媽還在線上，趕緊說：「我現在就回家吃晚餐。」

掛完電話，有人問：「是誰的法力那麼強，把偵測器弄爆了？」

大家你看看我，我看看你。

然後有人回答：

「是媽媽。」

「原來是媽媽的法力最強。」一隻小鬼這麼說。

「她沒有魔法，但卻是力量最強的。」

另一隻小鬼這麼描述著。

「還有媽媽的晚餐也很厲害。」一隻老妖很認真的強調。

一提到媽媽，大家開始嘰哩呱啦的搶著說——

「我媽媽的晚餐更厲害。」

「我媽媽不只晚餐厲害，連午餐、早餐也很強大。」

最後有人大喊：「我要回去吃媽媽煮的晚餐了。」

「我也是。」

「我也是。」

一下子，人潮全散了，只留下幾個在掉眼淚的老妖、老怪及老魔王。

「你們怎麼了？」阿德關心的問。

「我已經吃不到媽媽煮的晚餐了。」

「我好懷念媽媽的晚餐……」

阿德很為他們難過，看了看手上的偵測器，忽然靈機一動，他回撥電話給媽媽——

「媽，我帶幾個朋友回家吃飯。」阿德說。

「為什麼？」媽媽問。

「因為他們很懷念媽媽煮的晚餐。」

好心腸的阿德媽媽一聽，馬上答應阿德的請求，而且還說要多做幾道菜來招待。

於是阿德就帶著那幾位已吃不到媽媽晚餐的山妖、魔怪，以及他再也不想修復的法力偵測器回家。

然後阿德也知道力量最強的人是誰了。

本文榮獲二〇二三年新竹吳濁流文學獎兒童文學類參獎

編委的話

・林昀臻

這篇故事帶給我歡樂與感動，結合了童話的奇幻元素與家庭的真情。大法師的勉勵讓我深有感觸，每個人都有自己的成長之路，而不是單純追求最高的段位。故事結局的笑點讓我忍俊不禁，媽媽的力量超乎意料的強大，彷彿提醒著我們，家庭中的愛是無法用法力偵測器測量的，卻是最為堅實的支柱。

・林芮妤

這個故事的結局真是令人意想不到，媽媽的一通電話竟然能讓法力偵測器報銷，這幽默且溫馨的情節讓我感到歡喜。故事中雖然沒有驚心動魄的冒險場面，但透過平凡的生活片段，展現了母愛的強大力量，讓讀者在笑聲中感受到一份深厚的情感。作者藉由幽默風趣的筆法，成功的讓童話故事融合現實生活中的感人場面，使得故事更加豐富有趣。

• **游愷濬**

故事中的大法師提到：「人外有人，天外有天，我也不清楚自己的能耐。是不是最高段並不重要。自己有沒有進步最重要！」這種對於個人成長的見解深深觸動了我，讓我想起每個人都是獨特的存在，不必刻意與他人比較。故事結局也讓我感到出乎意料，以媽媽溫馨的一通電話作結，輕鬆幽默的手法彰顯了母愛的力量，讓我在笑聲中領悟到生活中最強大的力量。

• **黃詠愛**

本篇童話深刻的傳達了每個人都擁有獨特的力量，不需刻意與他人比較。作者利用「法力偵測器」這種趣味性元素，引領讀者進入一場鬼怪和法力對決的奇幻冒險，而結局卻出乎意料，將焦點轉移到家庭的溫馨。這樣的結構巧妙的打破了傳統奇幻故事的框架，使得故事更加富有層次。作者以輕鬆詼諧的筆法，表現出母愛的力量，使故事充滿愉快的氛圍。

主編的話

迎接「後疫情×後AI時代」的童話新視界：創想幸福心樂園，彩繪奇蹟心願景

張桂娥

1.《一一二年童話選》小主編群的多元童話觀

《一一二年童話選》是九歌出版社推出的第二十一套「年度童話選」，個人有緣承續這份任重道遠的編務工作，為充滿期待的下一個二十年拉開序幕，跟新團隊的小主編們一起探索二〇二三年「後疫情」×「後AI時代」的童話新視界。

記得去年帶著剛出版的《一一一年童話選》上教育廣播電台接受主持人秦教授訪問，當時有談及二〇二二年入選的作品呈現多元樣貌，但是在質量方面似乎呈現與往年童話不同的特色，感覺語文遊戲趣味性可能更勝於文學性；而情節鋪陳與人物造型等創作方法的技術面則更勝於藝術面的現象。事後深入分析其背景成因，個人推想可能因為疫情緣故，近來

兒童讀者閱讀習慣（如閱讀管道來源急速數位化等）的顯著變遷、創作者發表作品平台（除紙本媒體外朝網路社群、SNS自媒體發展等）的多元化，導致出版或刊載兒童讀物的文字媒體出版社在募集稿源方面也產生變化，造成童話選收錄對象在質量上亦呈現較大的變化。

為持續觀察二〇二三年童話創作的演變，特別安排兩位小主編愷濬（小三↓小四）與昀臻（小六↓國一）續航一年，另外再邀請兩位閱讀經驗豐富的小文青生力軍——芮妤和詠愛（小五↓小六）加入，擴充小主編的年齡層與人數，讓編輯年度童話選的視野更為寬廣，在固定線上讀書例會討論時可以聽見更多元的意見想法。而每次討論會時也會跟小主編團隊重申「九歌童話選」精選優質童話的最高原則——就是一份尊重與堅持，要讓台灣的孩子們用自己的視角選擇真正喜歡的童話；讓所有孩童透過年度童話選品味一整年最精采的創作，開啟繼續深度閱讀的門扉。（這也是去年個人在主編後序中特別強調的編選信念）讓期待《一一二年童話選》出版的讀者得以等身大的兒童觀點享受閱讀童話的自由與樂趣！

經過一整年線上讀書會密集的互動與討論，個人觀察到四位小主編在童話觀以及選擇推薦作品的價值判斷標準也呈現多元趨勢，藉此篇幅詳加介紹。

關於喜好的童話主題與風格：愷濬偏愛古代背景、東方國度、動物角色的童話，喜歡男孩主角冒險記和魔法情節；昀臻喜愛以親情或友情為主軸的溫馨故事，希望故事情節簡單易懂；詠愛較喜歡溫馨感人、激勵心靈的故事，但對於讀者喜好各異能夠理解；而芮妤則注重場景和氣氛的描寫，偏愛新穎、有趣、令人驚豔的劇情。

關於偏好的童話結局：愷濬喜歡歡樂、令人哈哈大笑的結局，對於開放式結局或離別死亡情節較不感興趣；昀臻重視童話故事結尾的完整性，不喜歡結尾未給予讀者一個交代的作品；詠愛也不喜歡倉促結局的故事，希望童話結局能讓讀者開心、令讀者滿足；芮妤也重視童話結局，希望劇情結尾不能馬虎，最好是開頭跟結尾都一樣精采，能夠吸引讀者融入作品世界。

關於推薦作品的選擇標準：愷濬較重視實用主義，反思去年選擇標準條件，今年努力擴大視野，不再過於局限自己的偏好；昀臻傾向以親情或友情為主軸，回歸童年體驗記憶並重視故事的完整性；詠愛希望作者創作時考慮小讀者的生活經驗與心境心情，也期待作家寫出能讓大人回味童年的佳作；芮妤則以吸引人的標題、開頭和劇情作為選擇角度的重要標準。

而回顧這一年的小主編團隊互動：愷濬感覺與三位高年級姊姊一同擔任小主編，線上讀書討論會壓力重重，但是較以前冷靜，較有勇氣說明自己的想法；昀臻對於新成員的見解感到驚喜，尊重不同喜好，學到如何在意見不一致時保持冷靜；詠愛喜歡與成員分享自己的想法也學到如何跟他人分享；彼此尊重不同的意見、觀點；芮妤發現自己與其他同伴有不同觀點，願意接受不同喜好的存在，但是自己喜愛的作品有被選上時感到心滿意足。

至於主編個人，一樣貫徹把自己當作「工具人」的立場，一來提供硬體軟體資源，營造一個可以暢所欲言，自由交換意見的場域空間，讓小主編用自己的方式跟文本溝通；二來客觀觀察與會議記錄，將小主編討論成果可視化，透過與同儕交流反思重組，建構自己的閱讀小宇宙。

2.俯瞰二〇二三年台灣原創童話的地景生態

二〇二三年延續往年經驗，在九歌編輯部欣純與小主編家長們的協助下，透過紙本報紙・週刊・週報、期刊雜誌、各大文學獎項入選作品以及線上（電子版）報紙等，我們順利蒐集到三百七十篇左右的作品，收錄來源與數量都比去年成長一些。

其中《國語日報》、《更生日報》與《國語日報週刊》，收錄兩百篇左右的童話，系列作和迷你連載故事不少，小主編們留下深刻印象的有〈雲豹快跑〉、〈我的超能力　動物生存法寶〉、〈動物說的台灣故事〉〈最特別的草帽〉、〈蟹蟹理髮店〉、〈鐵道小神童之阿里山救難〉、〈天上院〉等，生活童話與魔幻童話各半（其中《國語日報》獲選的推薦作品有十二篇，《國語日報週刊》可能因為小主編年齡層與作品屬性的關係，有少數作品雖獲小主編推薦但可惜最後未能進入決選名單）等。另外，《國語週刊》（含基礎版/小學版）、《少年飛訊．少年故事屋》，等收錄一百一十篇左右的童話，除入選的一篇作品之外，讓小主編留下深刻印象的有〈千面貓咪〉、〈魔王巨人〉、〈怪獸雪酪〉等，可惜最後仍未獲推薦入選。

期刊雜誌方面，除小天下《未來兒童》、《未來少年》、兒童文學學會雜誌《火金姑》、《兒童哲學》外，增加《兒童天地》雜誌等總共收錄三十八篇。除入選的三篇作品之外，小主編們留下深刻印象的有〈一百分先生〉、〈口罩超人〉、〈半熟荷包蛋的海鮮麵〉、〈鬼樣子〉等主題多元的作品。

除了上述所有公開管道可以取得的正式發表創作之外，欣純今年仍戮力相挺，幫忙蒐羅了台灣南北東西各大文學獎作品總共二十篇——教育部「文藝創作獎」、「吳濁流文學獎」、「桃園鍾肇政文學獎」、「台中文學獎」、「屏東文學獎」（兩年收件一次的「蘭陽文學獎」今年未舉辦）。由於大部分得獎作品的發表時間都集中在後半年，跟往年一樣，小主編們必須在十月之後，利用一個月左右時間全神貫注，品味這些得獎作品群。除入選的五篇作品之外，二〇二三年度得獎作品群獲小主編青睞的候選名單還有〈健美豬與胖狐狸〉、〈小雨燕的擁抱〉、〈好日子〉等佳作。

四位小主編們在這充實的一整年當中，總計評閱了三百七十篇（較去年增加一百篇左右）來自更多出版平台的精采創作。不過有些遺憾的是，此次考量不周，尚未正式將數位閱讀網絡的線上創作列入評選範圍，讓許多經營自媒體平台的新秀作家的精采創作成為遺珠之憾，懇請新世代作家們海量包容。也期待未來編纂童話選的編輯群和關心本童話選的有志盟友，能熱情分享線上創作平台的相關資訊，讓童話選成果更完善、入選作品更具代表性。

3. 回顧入選小主編「我推」的決選作品

因為芮妤與詠愛加入團隊，再加上舊團隊剛完成二〇二二年度童話選編選任務，記憶猶新，我們打鐵趁熱於一月寒假期間便召開第一次線上見面會，讓昀臻跟愷濬薪傳經驗、共享資源，再讓四位小主編發表各自的童話觀，凝聚共識。今年仍然先請小主編們各自閱讀作品後按照主觀看法，將作品核定成「◎」（非常想推薦）、「〇」（考慮推薦）、「△」（普通／沒特別想推薦）、「×」（不推薦）等四種級別，在團隊共編表單中記錄每一篇的心得感想，再於月例會（因為今年有四位小主編，為確保每一位小主編都能充分參與討論並暢所欲言，所以由前一年度雙月讀書會盡量改成每月例會，作品太多討論不完時就彈性調整成週會，期間甚至安排幾次與單一小主編召開個別討論）根據閱讀紀錄逐篇探討。

審閱前三個月的讀書紀錄，發現昀臻跟愷濬的審查標準變得異常嚴格，拿到「◎」的比例不到百分之十，高達七八成被判斷成「〇」，其餘不到兩成為「△」、「×」。進一步請小主編說明原因，兩人表示許多童話的題材大多數去年都已經閱讀過了，童話敘事風格大同小異、劇情老套馬上可以猜測後續發展、題材重複性太高、故事結尾草率結束、主角人物的描述不夠深刻、故事發展不自然等，因此閱讀之後所感受到的負面評價聲量比較大。而新科小主編芮妤與詠愛因為平常就非常喜歡文學，閱讀經驗豐富，會不自覺跟自己已經讀過的歷年優質童話作品作比較，所以感覺報章雜誌副刊刊載的作品，有很大的改善空間。

在前三個月取得過半數三票「◎」的作品只有《國語日報》的〈雲豹快跑〉、〈我的超能力　動物生存法寶——捨身救人的巡邏兵來福〉、〈月亮上有十隻兔子〉、〈冬獵〉、〈烏克蘭民間故事——年輕人與龍女〉、〈烏克蘭民間故事——窗下的聲音〉、〈動物說的台灣故事——石虎說的故事〉；《少年飛訊》的〈魔王巨人〉，《國語週刊》的〈千面貓咪〉、〈天堂與地獄〉（以上兩篇為小學版），其他如《國語日報週刊》、《未來兒童》、《未來少年》、《兒童天地》完全沒有一篇作品符合小主編的期望。讓主編心生隱憂，極度期待台灣童話作家們未來的創作題材可以更多元、挑戰更多過去未曾嘗試過的題材或敘事風格。

只是再仔細分析第一批通過初選的作品內容，又發現這些作品的題材內容等等，似乎也不是非常多元，有部分是帶有濃重說教意味的經典童話；或者兼具教化效果的動物保育意識形態的寫實童話，足見小主編的判斷標準與自身表述的童話觀之間有極大的落差，恐怕影響其評斷之客觀性。於是再次請小主編逐篇討論，參考其他小主編的意見，反思自身童話觀之後再調整判斷標準。呼籲小主編們盡量保持客觀（不要太堅持自己的偏好），以更多元更寬容的尺度，重新賞析作品優缺點。

二〇二三年七月暑假前，再度召開夏季共識分享會議，針對四五六月作品進行初審意見討論會。經過春季初審會的討論後，這一次小主編們比較可以站在其他兒童讀者的立場，採用較客觀的審查方式，評定作品的級別順位。這階段獲得四位小主編過半數支持的作品有：《國語日報》的〈煉金師與白狗〉、〈魔法師和尖帽子〉、〈交換媽媽〉、〈兩面金牌〉、〈福虎和五毒〉、〈最特別的草帽〉、〈李薔失蹤記〉、〈修鞋奶奶〉、〈樹麻雀找朋友〉、〈開在天空的花〉、〈千面貓咪〉、〈訓練營遇險記〉、〈小黑貓布萊〉；《國語日報週刊》的〈最好喝的飲料〉；《未來兒童》的〈一百分先生〉與《未來少年》的〈半熟荷包蛋的海鮮麵〉；《兒童哲學》的〈鬼樣子〉。可以發現三位小主編關注的作品比較著重在生活童話、生活教育以及動物寵物與人類的互動等，現代社會比較可以接觸到的題材為主。以低幼年級為主要讀者層的《未來兒童》、《國語日報週刊》與《國語週刊》（基礎版／小學版）等期刊，依然無法獲得中高年級兒童的肯定，因此還是建議下一屆可以積極考慮：依據讀者年齡層分組評選或者增設各年齡層保障名額，以鼓勵作家繼續為低年級同學創作。

二〇二三年十月秋季，各大文學獎得獎作品稿件陸續送到，加上七八九月報章雜誌刊載作品須同步進行初選，此時小主編們迎接新學期，在適應新環境的同時還得大量閱讀創作，如同小主編後記分享的內容，可以感受到大家再次以較嚴謹的標準精選作品。有鑑於去年入選名單當中，有不少作品因為創作者授權問題無法順利收錄在《童話選》中，所以今年調整一下，只要獲得兩位以上小主編推薦（因為要同時獲得三位小主編雙圈推薦難度真是太高了）就會列入最後的決選名單，再次獲得嚴正審閱選評的機會。

下列這些作品是經過十月初小主編會議決議後，直接進入最後的決選名單，不再進行初選的複選會議。《國語日報》的〈智慧的工匠〉、〈海妖的請求〉（包含「蟹蟹理髮店」系列連載其他十四篇童話全部入選）、〈永恆的印記〉、〈前進無人島〉、〈微笑先生〉、〈妖怪創新設計大獎賽〉、〈借時間〉、〈落單襪〉、〈阿芝的紅色高跟鞋〉、〈狐狸醫生托兒所〉〈超時空少女〉，《兒童天地》的〈口罩超人〉，《未來兒童》的〈永遠的果果山〉，《未來少年》的〈錯字大元帥〉，《少年飛訊》的〈怪獸雪酪〉與《國語日報週刊》的〈美味薯餅〉。

二〇二三年十二月初冬季最後一場初選討論會，各大文學獎得獎作品稿件（二十篇）全數到位，加上十月十一月報章雜誌刊載作品（《國語日報》十一月～十二月為「牧笛獎」

得獎作品特輯予以割愛」），從中推薦《國語日報》的〈男孩變成蒼蠅〉、《未來少年》的〈完美的淚〉。另外從教育部「文藝創作獎」推薦〈人蔘交易中藥行〉、〈史萊姆稱霸遊戲世界〉、〈健美豬與胖狐狸〉，吳濁流文學獎〈力量最強的〉、〈聖誕卡片老公公〉、〈小雨燕的擁抱〉，桃園鍾肇政文學獎〈好日子〉、〈神明的護身符〉，台中文學獎〈記憶國境〉和屏東文學獎〈鹿角原〉等十篇。

歷經無數次線上讀書討論會，年度童話選決選候選作品名單（含中篇連載故事共七十篇左右）終於誕生！主編提醒小主編們務必將之前的評價歸零，在聖誕節決選會議（一一二年度編輯團隊第一次也是最後一次的實體會議）前，嘗試以台灣兒童讀者的立場角度，再仔細品味作品，確認最終的推薦順位。為提升決選會議的效率，今年改採積分制，請小主編按照推薦意願高↓低（5、4、3、2、1）事先評定積分。計算總和決定排名之後，當天再按照排名逐篇討論，讓四位小主編逐篇發表評分結果（考量因素）之後，再確認一下最終積分有無需要調整，之後就按照積分高低決定入選作品。

4. 後疫情時代童話新視界

為彈性調整收錄作品數量，今年決選作品候選名單推舉七十篇左右，請小主編重返初心再次審閱通過初選的作品，評定推薦指數（積分）高低，決選日當天充分討論過後，先將平均低於兩分（不推薦）的作品排除，之後確認每一篇的積分，決定入選作品，當天沒有出現以往激烈的遊說場景與投票表決互不相讓的場面。除了少數成績相同，必須再確認積分順位時，給予最高分與最低分的小主編必須充分舉證說明，讓其他小主編再思考一次自己的判斷標準是否需要調整，過程相當平和。

因為今年作品授權限制，許多高分入榜的作品，如：曾志宏〈冬獵〉〈雲豹快跑〉、陸利芳〈魔法師和尖帽子〉、王千緣〈最特別的草帽〉、袁家勇〈李薔失蹤記〉無法入選，至為遺憾！而同時有多篇作品入選的作家以積分高者入選：情琳〈魔法營養午餐〉（〈微笑先生〉割愛）、薩芙連載作品「蟹蟹理髮店」由〈海妖的請求〉入選（其餘十四篇割愛）、吳燈山「我的超能力　動物生存法寶」系列由〈捨身救人的巡邏兵來福〉入選（〈使命必達的軍鴿雙雄〉割愛）、鄭若珣〈福虎和五毒〉入選（〈鹿角原〉、〈前進無人島〉割愛）。

至於年度童話獎，小主編全場意見一致，獎歸積分最高的吳佳穎〈煉金師與白狗〉；至於年度推薦童話，昀臻熱烈推薦賴曉珍〈完美的淚〉；愷濬絕讚推舉蔡明昌〈口罩超人〉，而詠愛則是力推施養慧〈超時空少女〉，經由熱烈討論，長達半小時意見交換，最終昀臻說服其他兩位高年級的小主編，最後以壓倒性多數意見讓唯一的中年級男性保障名額飲恨，未能入選。另外，過去未列入選評範圍的國外素材的童話，如西洋童話改寫作品（如烏克蘭民間故事的重述）考量國際化趨勢以及台灣童話作家參與世界議題、關心世界時事現況等不容忽視，所以今年沒有刻意將之排除，而交由小主編自由判斷，自然凝聚共識，選出年度童話選。

【決選後續花絮篇】：從近四百篇作品中脫穎而出能進入複選名單的作品都非常精采，要入選年度童話選果然競爭激烈！因此在決選階段，必然出現眾多遺珠之憾，真的很令人揪心，如：林世仁〈一百分先生〉、康逸藍〈阿芝的紅色高跟鞋〉、施養慧〈超時空少女〉、貝殼漢〈妖怪創新設計大獎賽〉、蔡明昌〈口罩超人〉讓小主編十分猶豫，意見分歧，但還是深受喜愛，僅增額列入候補名單，雖然最終未能全數收進童話選，但藉由此篇幅介紹，向創作者表達敬意與感謝！

分析入選《一一二年童話選》的作品（二十一位作家／二十一篇作品）出處為：《國語日報》十二篇、《未來少年》兩篇、《未來兒童》一篇、《國語週刊》（小學版）一篇、「文學獎項」五篇。呈現歷久彌新的《國語日報》最受到小主編的愛戴！至於來自各大「文學獎項」二十篇得獎作品中有五篇（四分之一）入選，存在感依然屹立不搖！至於去年表現出色的兒童文學專業期刊雜誌則幾乎讓人跌破眼鏡全軍覆沒，箇中原因有待進一步研究分析，等未來有機會再向讀者報告。整體說來，還是期待創作者有多種發表管道平台可以選擇，讓用心彩繪的童話世界有更多機會展現給讀者，豐富兒童讀者們的心靈世界，拓展兒童的新視界！

今年循慣例將「年度童話選」以上下兩冊成套方式出版。

首先以打造童話樂園發想將上冊命名為：創想幸福心樂園，按作品主題內容規劃成三個園區：

首先「創意魔法現奇蹟」區由吳佳穎〈煉金師與白狗〉拉開冒險的序幕、方向〈天堂與地獄〉導覽心靈天堂、情琳〈魔法營養午餐〉招待大家享用豐富營養的美饌，飽餐一頓之後，探索李威使〈記憶國境〉見證創意十足的奇蹟。

接下來小歇一下，停靠「探訪心靈加油站」由王文華〈錯字大元帥〉傳授心靈力量增能的快樂祕訣、觀摩梁芸嫚〈永恆的印記〉的主角如何轉念思考，補足心靈正能量，擊退負面思惟的黑天使；最後再到徐雅薇〈人蔘交易中藥行〉請教療心名醫如何把所有不喜歡的負面心靈包袱，透過神祕的交易機制，成功轉念成正向思維人生觀，讓心靈充飽滿格的生命能量，續航樂園行程！

接著快樂踏上最後一里路，邁向「發現幸福心樂園」的歸途——由周姚萍〈交換媽媽〉讓您重新感受真人媽媽的親情溫暖、李柏宗〈史萊姆稱霸遊戲世界〉讓您徹底領悟〈體會〉母愛的真諦、而鄭丞鈞〈力量最強的〉則會讓您再次見證到世界最高最強大的力量源自於您的身邊——至親至愛的家人。經過這一趟需要發揮智慧創思與奇想天開的冒險旅程，您會發現最極致的幸福心樂園，其實就在您的身邊！

首先以展望未來世界繽紛新願景的發想將下冊命名為：彩繪奇蹟心願景，按作品主題內容規劃成穿梭古今、優游海地天的三重心境界。

首先第一重境界是開發「智創繽紛新視界」，先拜訪米爾斯〈智慧的工匠〉看古歐洲人如何靠智慧克服人生的困境，達到成功的境界；接下來傾聽管家琪〈窗下的聲音〉學習烏克蘭智者如何靠機智讓自己成功脫困，以及拯救周圍重要的人們；接下來到古代東方，讓徐錦成〈月亮上有十隻兔子〉為您導覽神話世界，優游兔子們幽默營造的趣味和平國度；最後透過陳正治〈兩面金牌〉觀摩輸家兔子後代子孫如何穿越時空，打破黑歷史，讓祖先敗部復活重返榮耀的奪「金」聖戰！

第二重境界是打造「永續和融地球村」：朱小玉〈永遠的果果山〉讓您複習人類始祖之一的猿猴們如何靠合作與機智守護重要生命資源，永續地球能源；鄭若珣〈福虎和五毒〉教導您如何與自然界各種生命和平共處，善用資源創建安全生活環境；林世仁〈石虎說的故事〉讓您感受到生命的脆弱以及滋養觀照周遭弱小生命的共感力；最後是吳燈山〈捨身救人的巡邏兵來福〉再次提醒您生物最崇高的慈愛就是犧牲小我生命成就他人的幸福，最終企盼人與生物和融共處，攜手打造永續平和的地球村！

第三重境界是實現「彩繪奇蹟心願景」：薩芙〈海妖的請求〉讓人思考如何克服內心

恐懼、消彌固定概念，成就他者的願望；楊婷雅〈聖誕卡片老公公〉帶您重訪遺忘已久的心靈沙漠，再次為他人灌溉心靈甘泉，滋潤彼此的心田；賴曉珍〈完美的淚〉讓您看見讓人墜入黑暗深淵的悲傷也能轉化為催生奇蹟的力量，只要「心」還在，就能讓希望萌芽茁壯，讓人迸發勇氣，為他人彩繪人生新願景！

5. 展望下一個二十年的童話新願景

人心創想 vs. 人工智慧（生成AI）

回顧二〇二三年席捲世界的震撼性話題，莫過於有關生成AI（ChatGPT）的普及與應用。上自產官學（經濟、政治、教育）等公領域，下至個人生活、學習、娛樂等私領域，生成AI話題沸沸揚揚了一整年。當然，文學、藝術、音樂、舞台表演等向來擁護「科技難敵人心」信念的文創業界也無能倖免。二〇二四年一月日本芥川賞新科得主九段理江自陳：得獎作品中的百分之五來自 ChatGPT 生成的內容，在日本引起了正反意見的論戰；然而在教育現場，舉凡幼兒教育到研究所碩博高教現場，對生成AI的導入幾乎抱持正面性評價，鼓勵學習者積極運用，讓自己成為駕馭AI的高手。筆者任職的外語院系也安排實作課程，讓學生使用 ChatGPT 創作外語文學作品（小說／童話／故事／戲劇・劇本），鍛鍊成為說故事高手的功力。

個人對這現象一則以喜一則以憂，喜的是會有更多新世代作家善用生成AI工具，量產更多優質童話；憂的是被生成AI工具演算法主導的童話創作會不會失去人類最珍貴的「纖細情感感知能力」與「無遠弗屆的心靈力量」。總之，希望讀者們喜歡我們用「人心創想」營造的：「後疫情×後AI時代」的童話新視界：創想幸福心樂園，彩繪奇蹟心願景！

個人真的不樂見科技的力量凌駕人類的身心靈，未來二十年的童話選會呈現怎樣的心願景，值得大家拭目以待！企盼一一三年我們懷抱感謝與敬意，再度造訪瑰麗和平的童話新樂園，將有溫度的暖心與熱情從台灣傳遞到世界的每一個角落，因為個人始終堅信：只要有童心，童話的力量無遠弗屆！

寫於　二〇二四年初

九歌一一二年童話選：
創想幸福心樂園

Collected Fairy Stories 2023

國家圖書館出版品預行編目（CIP）資料

九歌童話選. 112年：創想幸福心樂園 / 李月玲, 吳嘉鴻, 劉彤渲, 潔子, 蘇力卡圖；張桂娥主編. -- 初版. -- 臺北市：九歌出版社有限公司, 2024.03

面；　公分. --（九歌童話選；27）

ISBN 978-986-450-659-0（平裝）

863.596　　　　113001982

主　　編——張桂娥、林昀臻、林芮妤、游愷濬、黃詠愛
插　　畫——李月玲、吳嘉鴻、劉彤渲、潔子、蘇力卡
執行編輯——鍾欣純
創 辦 人——蔡文甫
發 行 人——蔡澤玉
出　　版——九歌出版社有限公司
台北市 105 八德路 3 段 12 巷 57 弄 40 號
電話／02-25776564・傳真／02-25789205
郵政劃撥／0112295-1

九歌文學網　www.chiuko.com.tw

印　　刷——晨捷印製股份有限公司
法律顧問——龍躍天律師 ・ 蕭雄淋律師 ・ 董安丹律師
初　　版——2024 年 3 月
定　　價——300 元
書　　號——0172027
I S B N——978-986-450-659-0
9789864506507（PDF）
9789864506491（EPUB）

（缺頁、破損或裝訂錯誤，請寄回本公司更換）
版權所有 ・ 翻印必究　　Printed in Taiwan

本書榮獲 台北市文化局 Department of Cultural Affairs Taipei City Government 贊助出版